DIESES BUCH GEHÖRT:

Die drei !!!

Das geheime Parfüm

Mira Sol

KOSMOS

Umschlagillustration von Ina Biber, Gilching
Umschlaggestaltung von Sabine Reddig

Unser gesamtes lieferbares Programm und viele weitere Informationen zu unseren Büchern, Spielen, Experimentierkästen, DVDs, Autoren und Aktivitäten findest du unter **kosmos.de**

Weitere Bände dieser Reihe siehe S. 160

MIX
Papier aus verantwortungsvollen Quellen
FSC® C083411
FSC
www.fsc.org

Gedruckt auf chlorfrei gebleichtem Papier

ISBN 978-3-440-16952-0
Redaktion: Franziska Latoska
Produktion: Lena Geiger
Druck und Bindung: CPI books Gmbh, Leck
Printed in Germany / Imprimé en Allemagne

Die drei !!!

Das geheime Parfüm

Einbrecher!

Der Kies knirschte leise unter Maries Turnschuhen, als sie über den Vorplatz zur Villa lief. Das große Haus mit den vielen Erkern und Türmchen, in dem sie mit ihrer Familie lebte, strahlte blendend weiß in der Mittagssonne. Marie sog genüsslich die milde Juniluft ein. Es duftete herrlich nach Jasmin, Thymian und frisch gemähtem Gras. Sie schob sich die Sonnenbrille ins lange blonde Haar zurück und blinzelte in den wolkenlosen Himmel. Heute war wirklich ein ausgesprochen schöner Tag! Die letzten beiden Schulstunden waren ausgefallen und nach dem Mittagessen hatte Marie eine Verabredung mit Kim und Franzi in der Müllverbrennungsanlage. Danach würden sie ihren Freund Holger treffen, der ihr eine neue spannende Parkouring-Strecke durch den Jakobipark zeigen wollte.
Marie grinste in sich hinein. Man konnte wohl kaum jemandem erzählen, dass man sich auf ein Treffen mit seinen Freundinnen in einem Müllbunker freute. Aber als Detektivin war genau das der Fall! Zusammen mit Kim und Franzi hatte Marie schon vor langer Zeit den Detektivclub *Die drei !!!* gegründet.

Seitdem hatten sie an den unterschiedlichsten Orten in Deutschland und sogar im Ausland ermittelt und fast 60 Fälle gelöst. Gestern hatte Kim Marie und Franzi von einem Zeitungsartikel erzählt, in dem über einen mysteriösen Vorfall in der Müllverbrennungsanlage berichtet wurde. Marie hoffte sehr, dass ihre Freundin auch dieses Mal wieder den richtigen Riecher gehabt hatte und sie bald in einem neuen Fall ermitteln würden! Sie blieb vor der schweren Eichentür mit dem bronzenen Türklopfer stehen. Langsam kramte sie in ihrem Rucksack nach dem Hausschlüssel. Plötzlich gab das Handy einen Piepton von sich. Holger hatte eine Nachricht geschickt:

Liebe Marie!
Ich kann heute nicht. Meine Mutter und die Zwillinge haben die Grippe. Total ansteckend. Die nächsten Tage sehen wir uns besser nicht. Ich melde mich.
LG, Holger

Marie starrte auf den Text. Was für ein Pech! Sie hatte sich so auf die Tour mit Holger gefreut. Aber da war wohl nichts zu machen. Hoffentlich ging es seiner Mutter und den Zwillingen bald wieder besser. Sie begann, eine Antwort zu tippen. Plötzlich setzte hinter der Eingangstür ein fürchterlicher Lärm ein. Marie ließ vor Schreck beinahe das Handy fallen. Sie steckte es schnell in die Hosentasche und lauschte. Aus dem Haus kamen laute metallische Schläge. Es klang, als würde jemand mit einem Vorschlaghammer auf sämtliche Heizungs- und Wasserrohre einschlagen, die es in der Villa gab. Waren Handwerker da? Jetzt setzte ein weiteres Klopfen ein. Der Lärm steigerte sich zu einem wahren Höllenkonzert. Plötzlich gellte ein Schrei in ihren Ohren. Maries Herz begann zu rasen. Das war ihr kleiner Bruder Finn! Sie drückte hektisch die Hausklingel. Was war da los? Marie presste ihren Finger erneut auf den Klingelknopf. Doch auch nach sekundenlangem Dauerklingeln öffnete niemand die Tür.

Wieder war ein Schrei zu hören. Marie schüttelte hastig den Inhalt ihres Rucksacks auf die Marmorfliesen. Wo, verdammt noch mal, war ihr Hausschlüssel? Hefte und Bücher rutschten auf die Fußmatte und aus dem Mäppchen kullerten die Stifte in alle Himmelsrichtungen. Aber das war jetzt egal. Der Schlüsselbund blitzte unter dem Mathebuch auf. Marie ergriff ihn und schloss mit zitternden Fingern auf. Als sie einen Schritt nach vorne machte, knirschte es hässlich unter ihrem rechten Turnschuh. Ein Blick nach unten verriet ihr, dass sie soeben den Taschenflakon mit ihrem Lieblingsparfüm zu Scherben getreten hatte. Die rosafarbene Flüssigkeit breitete sich auf den schneeweißen Fliesen aus und durchtränkte Hefte und Bücher. Maiglöckchenduft stieg Marie in die Nase. Sie achtete nicht weiter darauf, sondern stieß die schwere Tür auf und stürzte in die Eingangshalle. Die Tür zur Küche stand einen Spalt offen. Der Krach kam definitiv von dort! Marie biss sich auf die Lippe. Was sollte sie tun, wenn sie gleich einer Einbrecherbande gegenüberstand? Sollte sie besser die Polizei rufen? Aber es würde viel zu lange dauern, bis sie hier war.

Nein, Marie musste jetzt sofort da hinein und ihren Bruder retten! Wie auf Kommando gellte ein weiterer Schrei los. Marie sah sich nach einer Waffe um. An der Garderobe hing ein silberner Schuhlöffel mit einem langen, massiven Griff. Marie packte ihn und schlich zur Küche. Ihr Atem ging stoßweise. Vorsichtig tastete sie sich heran und schob den Kopf vor. Sie spähte durch den Türspalt – und fing erleichtert an zu lachen. Finn saß, umgeben von Töpfen, Pfannen und Deckeln in allen Größen, auf dem Küchenfußboden. Er schlug voller Inbrunst mit einem Schneebesen auf einen umgedrehten Kochtopf ein. Begleitet wurde er von ihrem Vater, der mit zwei Kochlöffeln konzentriert auf einen silbernen Sektkühler und einen großen Bräter eintrommelte. Die beiden waren so in ihre Schlagzeugsession vertieft, dass sie Marie gar nicht bemerkten. Finn strahlte ihren Vater an und ließ einen weiteren Freudenschrei los. Als er Marie schließlich doch noch entdeckte, riss er die Arme hoch und gab ein begeistertes »Maie da!« von sich. Marie grinste. Ihr kleiner Stiefbruder war mit seinen zweieinhalb Jahren wirklich clever. Nur mit der Aussprache einiger Buchstaben hatte er noch Schwierigkeiten. Besonders das R fiel ihm schwer. Deswegen ließ er es meistens einfach weg. Bei Maries Namen war das noch in Ordnung. Schwieriger war es, wenn Finn seine geliebte Spielzeug-Tröte suchte. Dann rief er nämlich: »Töte! Töte! Töte!« Das erforderte in manchen Situationen eine genauere Erklärung für Außenstehende. Wie zum Beispiel in der Warteschlange letzte Woche an der Supermarktkasse.

Marie gab Finn und ihrem Vater einen Kuss auf die Wangen und grinste. »Was soll das hier eigentlich werden, wenn es fertig ist?«

Herr Grevenbroich lächelte schief. »Das ist musikalische Früherziehung.« Er räusperte sich und deutete auf den Schuhlöffel, den Marie immer noch fest in der Hand hielt.

»Und darf ich fragen, was du so vorhast?«

Marie legte den Schuhanzieher auf dem Küchentisch ab. »Ich habe gedacht, dass eine Bande von Einbrechern hier alles kurz und klein schlägt. Ich wollte gewappnet sein!«

»Das tut mir leid!« Herr Grevenbroich machte ein schuldbewusstes Gesicht. »Tessa ist beim Dreh und Lina bei ihrem Vater. Ich hatte gedacht, dass Finn und ich allein sind. Ich wusste nicht, dass du heute so früh von der Schule kommst.«

»Mathe ist ausgefallen.« Marie grinste. »Schon gut. Es ist ja zum Glück nichts passiert.«

Finn hatte sich in der Zwischenzeit hochgerappelt und stapfte auf Marie zu. Geschickt wich er einem Spaghettitopf aus und kletterte mit seinen kurzen Beinen erstaunlich schnell über den Edelstahl-Bräter. Dann jedoch verfing er sich mit dem Ärmel seines Pullis an einem Pfannenstiel. Er verlor das Gleichgewicht. Bevor Herr Grevenbroich seinen Arm nach Finn ausstrecken konnte, plumpste der Junge mit dem Po voran in den großen Wok. Für eine Sekunde stand ihm der Schreck ins Gesicht geschrieben, dann aber fing er an zu lachen. Er setzte sich auf und patschte mit den Händen auf den Wokboden. »Finn baden!«, rief er und gluckste erneut los.

Herr Grevenbroich schüttelte lachend den Kopf. »Mit dir ist auch immer was los!« Er stupste Finn leicht auf die Nase. »Aber jetzt räumen wir die Sachen erst mal auf und dann gibt es Mittagessen!«

Marie schnippte mit den Fingern. »Aufräumen, das ist das Stichwort.« Sie lief zum Küchenschrank und holte Besen und Kehrblech heraus. Ihr Vater sah sie verwundert an. »Was machst du da?«

Marie verdrehte die Augen. »Mein Parfüm ist mir vorhin in der Aufregung runtergefallen. Jetzt ist der Flakon zerbrochen. Die Scherben liegen vor der Eingangstür. Ich mach sie schnell weg.« Sie drohte ihrem Vater spielerisch mit dem Finger. »Das wäre übrigens nicht passiert, wenn du mir die Tür aufgemacht hättest! Aber euer Rockkonzert war wohl lauter als mein Klingeln.«

Ihr Vater setzte Finn in den Hochstuhl und räusperte sich. »Prinzessin, das tut mir echt leid!« Er sah Marie für einen Moment betreten an. Dann fing er an zu grinsen. »Wie kann ich das je wiedergutmachen?«

Marie zuckte mit den Schultern. »Ist schon gut. So schlimm war es auch nicht.« Sie überlegte einen Moment, dann lächelte sie. »Obwohl, wenn ich es mir genau überlege: Ich hab einen ganz schönen Schock bekommen. Ich glaube, ich brauche jetzt dringend etwas für meine Nerven. Nämlich: Pfannkuchen!« Sie leckte sich über die Lippen und verschränkte die Arme vor der Brust. »Mit sehr viel Ahornsirup!«

Ihr Vater lächelte und nickte. »Deal!«

Zweieinhalb Stunden später trat Marie kräftig in die Pedale ihres Fahrrads. Das war mit einem randvollen Pfannkuchenbauch gar nicht so leicht. Aber sie musste sich wirklich beeilen, wenn sie rechtzeitig zu ihrem Treffen mit Kim und Franzi kommen wollte. Zum Glück tauchte hinter der nächsten Kurve schon das große, verschachtelte Betongebäude der Müllverbrennungsanlage auf. Den hohen Schornstein mit der bunten Bemalung hatte Marie schon die ganze Zeit während ihrer Fahrt aus der Ferne sehen können. Jetzt, aus der Nähe betrachtet, wirkte er gigantisch. Marie ließ das Rad bis zum Eingangstor ausrollen und sprang ab. Kim und Franzi warteten bei den Fahrradständern. Sie schob ihr Rad zu ihnen rüber.
»Gerade noch rechtzeitig!«, rief Kim. Sie tippte auf ihre Armbanduhr. »Punkt halb vier. Los. Beeilung!«
»Ja, ich freue mich auch, euch zu sehen«, gab Marie ungerührt zurück. Sie seufzte. Eigentlich hätten sich ihre Freundinnen doch längst daran gewöhnt haben müssen, dass sie immer auf den letzten Drücker kam. Warum war Kim denn jetzt so gereizt?
»Das hier ist ein total vielversprechender Fall«, sagte Kim. Sie wuschelte sich durch ihre kurzen dunkelbraunen Haare.
»Ich will unbedingt mehr dazu erfahren!« Sie lief los.
Franzi warf Marie einen ernsten Blick zu und raunte: »Kim muss sich von ihrem Liebeskummer ablenken.«
Marie zuckte zusammen. Daran hatte sie gar nicht mehr gedacht: Michi, Kims große Liebe, hatte sich vor wenigen Wochen von ihr getrennt. Es war in der Zeit davor für beide nicht

leicht gewesen, nachdem Michi ein Studium in einer anderen Stadt angefangen hatte. Kim hatte öfter davon erzählt, dass ihr Freund auf einmal in einer vollkommen anderen Welt zu leben schien. Aber dass er dann tatsächlich Schluss gemacht hatte, war für sie ein absoluter Schock gewesen. Kim sprach nicht viel über ihren Trennungsschmerz. Trotzdem war es ihr anzusehen, dass es ihr überhaupt nicht gut ging. Marie ärgerte sich über sich selbst. Bloß, weil sie selbst gerade so gut gelaunt und Holger der liebste und treueste Schatz der Welt war, hatte sie den Kummer ihrer Freundin völlig verdrängt. Schnell holte sie Kim am Eingang zum Verwaltungsgebäude ein und legte ihr eine Hand auf die Schulter. »Es tut mir leid, dass ich so spät gekommen bin. Aber wir sind ja noch rechtzeitig dran. Wir bekommen bestimmt gleich einen superspannenden Fall!«

»Hoffentlich!« Während Kim die Tür aufzog, sah sie Marie ernst an. »Ich brauche dringend Ablenkung, weißt du.«

»Ja, ich weiß.« Marie biss sich auf die Lippe. »Aber wir können doch auch darüber reden.« Sie fuhr sich hektisch durchs Haar. »Ich meine, das mit Michi ist, äh, war –«

»Erwähne nie wieder seinen Namen!«, platzte Kim heraus. Sie straffte die Schultern und steuerte auf den Empfangstresen zu. »Ich will nicht darüber reden. Ich will Detektivarbeit bis zum Umfallen. Und dann ist alles gut.«

»Wie du meinst«, murmelte Marie. Sie tauschte einen ratlosen Blick mit Franzi.

Kim sprach den rothaarigen Mann hinter dem Tresen an und stellte sich vor. »Wir machen eine Reportage für die Schüler-

zeitung über moderne Methoden der Müllverwertung und dürfen ein Interview mit dem Leiter des Müllbunkers führen.«
Der Mann lächelte. »Ich weiß Bescheid, Herr Meierling wird euch gleich abholen. Ich rufe ihn an. Ihr könnt euch so lange da drüben hinsetzen.« Er deutete auf eine gemütliche Besucherecke mit grünen Ledersesseln und einem Glastischchen vor einer großen Fensterfront.

Die drei Detektivinnen setzten sich. Marie sah sich erstaunt um. »Hier ist es ja richtig schick. Das hätte ich von einer Müllverbrennungsanlage gar nicht erwartet.« Sie schnupperte in die Luft. »Und es stinkt überhaupt nicht. Es müsste doch total nach dem ganzen Abfall riechen.«

Kim nickte. Sie zog eine ausgerissene Zeitungsseite aus ihrem Rucksack und entfaltete sie auf dem Tisch. »In dem Artikel steht, dass die Anlage ganz neu ist. Sie ist erst letztes Jahr in Betrieb genommen worden. In dem Bunker, in dem der Müll gesammelt wird, herrscht Unterdruck. Dadurch können keine Gerüche nach außen dringen.«

»Aha«, murmelte Franzi wenig interessiert. Sie tippte auf den Text. »Aber das wirklich Spannende sind doch die beiden Müllsäcke mit dem zerschredderten Falschgeld, die sie hier entdeckt haben.« Franzis Augen begannen zu leuchten. »Wir müssen unbedingt mehr dazu herausfinden! Wer macht so etwas Verrücktes: Falschgeld zerschneiden und wegschmeißen?«

»Und dann noch so blöd sein und es einfach in die öffentliche Mülltonne werfen«, ergänzte Marie. »Das sieht ja fast danach aus, als ob der oder die Täter erwischt werden wollten!«

Kim zupfte an ihrer Unterlippe. »Wer weiß? Ich hoffe, wir erfahren gleich ein paar Details mehr.«
Franzi seufzte. »In dem Zeitungsbericht steht, dass die Polizei mit Hochdruck ermittelt. Ich bin gespannt, ob dieser Herr Meierling uns überhaupt etwas zu den Falschgeld-Säcken erzählen darf.«
Kim nickte langsam. »Richtig. Deshalb müssen wir sehr geschickt vorgehen. Wir dürfen nicht gleich mit den zerschredderten Blüten anfangen.« Sie zog einen roten Heftordner hervor. »Ich habe ein paar Sachen aus dem Internet über Energiegewinnung durch Müllverbrennung ausgedruckt: auch über die Lagerung und Aufbereitung des Mülls im Bunker. So können wir das Thema unauffällig ansprechen und dann ...«
»Pst«, unterbrach Marie sie. »Ich glaube, er kommt!«
Kim steckte eilig das Zeitungsblatt in den Ordner zurück. Ein mittelgroßer blonder Mann in Jeans und Hemd steuerte zielstrebig auf die Sitzecke zu. Er begrüßte die drei Detektivinnen lächelnd. »Ich bin Alexander Meierling. Und ihr seid Kim, Franziska und Marie, die Reporterinnen von der Schülerzeitung, richtig?«
Kim nickte. »Vielen Dank, Herr Meierling, dass Sie so schnell Zeit für uns gefunden haben!« Sie räusperte sich. »Am meisten interessiert uns übrigens die Anlage, in der der Müll gesammelt wird.«
Herr Meierling nickte. »Dann gehen wir am besten gleich in die Steuerzentrale. Von dort hat man den besten Überblick. Kommt mit! Wir müssen mit dem Aufzug hinunterfahren.«

»Wow!«, sagte Franzi, als sie die Zentrale betraten. Der Raum sah aus wie ein riesiges Flugzeugcockpit. Überall befanden sich Monitore und Anlagen mit hunderten von Knöpfen, Reglern und Schiebern. An drei Arbeitsplätzen saßen zwei Männer und eine Frau und kontrollierten die Monitore. Sie sahen kurz auf und grüßten, widmeten sich dann aber wieder ihrer Arbeit. Drei große Fenster gaben den Blick frei auf eine riesige Halle, in der sich der Müll türmte. Zwei Greifarme bewegten sich zügig an der Decke entlang, tauchten hinab in das Müllmeer und schaufelten ihre Ladung auf lange Förderbänder.
»Ja, es ist wirklich beeindruckend«, stimmte Herr Meierling Franzi zu. Seine Augen begannen zu leuchten. »Wir verbrennen hier im Schnitt 1.150 Tonnen Restmüll pro Tag. Das sind fast 420.000 Tonnen im Jahr!« Er rieb sich die Hände.
»Mit der Energie, die dabei entsteht, können wir ein Fernwärmenetz von über 300 Kilometern betreiben. Und wir expandieren weiter.«
Marie unterdrückte ein Gähnen. Sie warf Kim und Franzi einen Blick zu. Sie sollten jetzt endlich mal auf die Säcke mit dem Falschgeld zu sprechen kommen! Aber ihre Freundinnen machten nicht den Eindruck, dass sie es mit diesem Thema eilig hatten. Kim kritzelte eifrig etwas in ihren Ordner und Franzi sah völlig fasziniert den beiden Männern zu, die von ihren Plätzen aus die Greifarme in der Halle fernsteuerten. Kim sah von ihrem Heft auf und kratzte sich an der Nase. »Ich habe mal gehört, dass Müll fast die gleiche Brennleistung wie Braunkohle hat. Stimmt das?«

Alexander Meierling nickte. »Richtig! Du bist gut informiert!« Marie verdrehte die Augen. So konnten sie hier noch fünf Stunden verbringen, ohne in ihrem Fall weiterzukommen.
»Ist das alles normaler Restmüll?«, fragte Franzi. Sie deutete zu einem der Fenster. »Das dahinten sieht aus wie ein Holzstuhl, daneben liegt ein Autoreifen!« Sie stemmte die Arme in die Seiten. »Das ist doch Sondermüll!«
Herr Meierling seufzte. »Ja, die Mülltrennung nimmt leider nicht jeder Haushalt ernst. Hier landet so einiges, was eigentlich nicht hierhergehört. Vieles wird aussortiert und dem Sondermüll zugeführt. Aber alles erwischen wir natürlich nicht.«
Kim sah von ihren Notizen auf. Sie wechselte einen Blick mit Marie und nickte unmerklich. »Da fällt mir gerade ein, dass neulich in der Zeitung stand, dass hier sogar Falschgeld gefunden wurde.«
»Das ist richtig«, sagte Alexander Meierling.
Gespannt warteten die drei Detektivinnen darauf, dass der Mann weitersprach. Aber er schwieg.
Marie wurde ungeduldig. »Ich finde das schon sehr spannend. Konnte man denn feststellen, woher es stammt?« Herr Meierling räusperte sich. »Ich bin von der Polizei gebeten worden, mit niemandem über diese Sache zu reden. Der Artikel hätte auch niemals erscheinen dürfen, wir wissen nicht, wer die Information an die Zeitung weitergegeben hat. Jedenfalls habe ich von einem sehr wütenden Kommissar einen Anruf erhalten. Die Ermittlungen laufen auf Hochtouren und man will nicht, dass die Täter gewarnt sind.« Kim räusperte sich. »Ich verstehe.«

Marie überlegte fieberhaft, wie sie dem Mann doch noch irgendwelche Details entlocken konnte. Plötzlich schrie Franzi auf: »Seht mal!« Sie deutete zu einem der Fenster. Ihr Gesicht war kreidebleich.
Kim, Marie und Alexander Meierling eilten zu Franzi. Beim Fenster angelangt, erkannte Marie sofort, was ihre Freundin so erschreckt hatte. Sie schluckte. Ihr Herz begann zu rasen und ihr Mund wurde ganz trocken. »Da ragt etwas aus dem Müll hervor. Ist das etwa …« Ihre Stimme versagte.

Geisterhand

Kims Augen wurden größer und größer. »Das ist ein Arm«, brachte sie mit zittriger Stimme hervor.
»Von einer Schaufensterpuppe«, ergänzte Alexander Meierling.
»Sind Sie sicher?«, fragte Marie. Sie wagte nicht mehr, auf die Stelle im Müll zu blicken, aus der ein bleicher Arm herausragte.
Herr Meierling seufzte. »Ja. Absolut. Wir hatten schon häufiger Teile von Puppen und Schaufensterpuppen dabei. Man erschreckt sich zunächst enorm, aber auf den zweiten Blick ist immer gut erkennbar, dass die Arme oder Beine aus Plastik sind.« Er tippte dem Mann an der Steuerung auf die Schulter.
»Federico, setz die Ladung bitte im Sondercontainer ab.«
Der Mann nickte. »Schon dabei.« Er ließ den Greifer mit der unheimlichen Ladung bis zum Ende der Deckenschiene fahren. Dort fiel die Ladung in einen bereitstehenden Container. Nach einem Knopfdruck fuhr dieser wie von Geisterhand gesteuert nach oben und verschwand in einem Schacht.
»Es gibt einen Nebenraum, in dem jetzt ein Kollege die La-

dung überprüft«, sagte Herr Meierling. »Wir bekommen in einigen Minuten Bescheid.«

Eine Stunde später begleitete Alexander Meierling die drei Mädchen zum Ausgang. Er räusperte sich. »Es tut mir sehr leid, dass ihr so einen Schrecken bekommen habt. Hoffentlich behaltet ihr euren Besuch trotzdem in guter Erinnerung und könnt eine tolle Reportage schreiben!«

Kim lächelte. »Klar, kein Problem. Jetzt, wo wir wissen, dass das tatsächlich nur der Arm einer Puppe war, ist doch alles halb so schlimm.«

»Danke noch mal, dass wir uns selbst davon überzeugen durften!«, sagte Franzi. »Das war sehr nett von Ihnen.«

»Ja!«, sagte Marie. »Und überhaupt, vielen Dank für die vielen Informationen und das Interview. Das wird ein super Beitrag in der Schülerzeitung.« Sie setzte ein gewinnendes Lächeln auf. »Toll wäre aber noch, wenn Sie uns doch noch etwas über das Falschgeld erzählen könnten. Das wäre ein echtes Highlight.«

Alexander Meierling schüttelte den Kopf. »Wirklich nicht. Wenn da weitere Details nach außen dringen, reißt mir dieser Kommissar Peters den Kopf ab! Er war schon sehr sauer darüber, dass dieser Zeitungsartikel erschienen ist.«

Die drei !!! tauschten einen vielsagenden Blick. Kommissar Peters war ein guter Bekannter von ihnen. In einigen Fällen hatten sie schon eng mit dem Kommissar zusammengearbeitet oder waren ihm und seinem Team sogar mit der Auflösung eines Verbrechens zuvorgekommen. Immer wieder warnte er sie nachdrücklich, dass sie sich nicht in Gefahr bringen sollten. Manches Mal wurde er sogar richtig wütend. Marie konnte sich gut vorstellen, dass der Kommissar Herrn Meierling sehr deutlich die Meinung gegeigt hatte. Aus dem Mann war in der nächsten Zeit bestimmt nichts herauszukriegen. Sie seufzte und sah Kim und Franzi an. Auch ihre Freundinnen machten einen niedergeschlagenen Eindruck. Marie zwang sich zu einem Lächeln und gab Herrn Meierling die Hand. »Also«, sagte sie leise. »Dann wollen wir mal. Vielen Dank und auf Wiedersehen!«

»So ein blöder Mist!«, rief Kim, als sie das breite Ausgangstor erreicht hatten. Sie schwang sich auf ihr Rad. »Ich hatte so gehofft, dass wir sofort in die Ermittlungen einsteigen können.«
Marie klopfte Kim auf die Schulter. »Wir werden schon einen Weg finden.« Sie stieg ebenfalls auf ihr Rad. »Habt ihr Lust auf eine Runde *Kakao Spezial* im *Lomo*? Dabei können wir das weitere Vorgehen besprechen. Ich lade euch ein!« Kim und Franzi nickten. »Danke!«, sagte Kim. Dann stutzte sie. »Wolltest du dich nicht gleich mit Holger treffen?«
»Er hat abgesagt«, antwortete Marie. Sofort spürte sie einen kleinen Stich in ihrem Herzen. »Seine Mutter und die Zwillinge haben die Grippe und er muss sich um sie kümmern.«
»Oh, das ist ja blöd!«, sagte Franzi.
Marie nickte. »Schon, aber Hauptsache, Holgers Familie ist bald wieder gesund. Unsere Tour holen wir in ein paar Tagen nach.«

Nach einer zehnminütigen Fahrt erreichten die drei Mädchen das *Café Lomo* in der Stadtmitte. Im gemütlichen Innenhof mit den Korbmöbeln und dem großen Sonnensegel war zum Glück noch ein Tisch frei. Sie setzten sich. Franzi deutete zur Tafel hinter Marie. »Mädels, es gibt wieder die Sommervariante vom *Kakao Spezial*!«

»*LICK?* Hatte ich schon fast vergessen«, rief Marie. »Den nehmen wir, oder?«

»Klar!«, sagten Kim und Franzi wie aus einem Mund. Der *Lomo Iced Choc Kick*, wie das Getränk in der Langfassung genannt wurde, bestand aus einer leckeren Mischung aus eiskaltem Kakao mit zwei Kugeln Vanilleeis und einem Topping aus leicht gezuckerten Kokosraspeln. Marie leckte sich die Lippen und winkte Sabrina, der rothaarigen Bedienung, die bei der überdachten Grillanlage stand. Die junge Frau winkte zurück und rief: »Komme sofort!« Dabei machte sie merkwürdige ruckartige Bewegungen. Marie kniff die Augen zusammen. »Ich glaube, Sabrina hängt mit ihrer Schürze am Mülleimer fest.«

Franzi seufzte. »Ich mag Sabrina total, sie ist immer so nett und lustig. Aber ich kenne keinen Menschen, der so ungeschickt ist wie sie.«

Die junge Frau zerrte mit angestrengtem Gesichtsausdruck weiter. Bevor Marie aufspringen und helfen konnte, kam Sabrina frei. Sie stieß einen überraschten Schrei aus und torkelte mit Schwung nach hinten. Dabei stieß sie gegen ein zum Trocknen aufgestelltes Grillblech. Mit einem ohrenbetäubenden

Donnern ging es zu Boden. Zahlreiche Gäste zuckten zusammen. Eine Frau sprang sogar von ihrem Stuhl auf und hielt sich verkrampft an der Tischkante fest. Als der Donnerhall verklungen war, piepste Sabrina: »Sorry, Leute. Aber jetzt sind alle wach.« Sie stellte das Blech wieder auf und zupfte an ihrer Schürze, auf der sich schwarze Dreckspuren befanden. Sie grinste schief. »Komme gleich wieder, muss mich nur schnell umziehen!«

»Mach aber langsam!«, rief ihr Marie hinterher.

Sabrina nickte und lief wie der Blitz ins Café hinein. Fünf Minuten später tauchte sie mit einer neuen blütenweißen Schürze über der Jeans wieder auf und begrüßte die drei !!! gewohnt herzlich. Marie bestellte drei *LICKs* und eine Platte mit gemischten Donuts. Dann schnupperte sie in die Luft.

»Wow, was ist das für ein Parfüm, das du trägst?«

Sabrina sah Marie überrascht an. »Riecht man es so stark?« Sie lächelte peinlich berührt. »Wir haben einen neuen Parfümautomaten auf der Toilette. Den habe ich gerade ausprobiert.« Sie griff in die Tasche ihrer Schürze und zog ein winziges Glasröhrchen hervor. »Es gibt drei verschiedene Düfte für Frauen, drei für Männer. Jeder kostet 50 Cent.«

Marie nahm die Phiole. Sie war leer.

»Irgendwie ist alles auf einmal rausgekommen, als ich mir ein paar Tropfen hinters Ohr tupfen wollte.« Sabrina zuckte mit den Schultern und grinste schief.

Marie nickte. »Verstehe. Ja, das war wohl etwas zu viel. Aber ansonsten ist das ein toller Duft. Habe ich noch nie gerochen.

Frisch und leicht, aber mit so einem raffinierten blumigen Touch.« Sie las die Aufschrift: »DUFTGLÜCK – Sommerbrise«.

Sabrina nickte. »*Duftglück* ist der Name der neuen Parfümerie, die hinterm Marktplatz eröffnet wurde. In einem der kleinen Fachwerkhäuschen. Die Besitzerin hat uns gefragt, ob wir einen ihrer Duft-Automaten bei uns aufstellen könnten, um Werbung für ihren Laden zu machen.«

»Eine schöne Idee. Und ein toller Zufall«, sagte Marie. »Ich glaube, da muss ich nachher unbedingt vorbeigehen. Mir ist heute nämlich mein Taschenflakon runtergefallen und zerbrochen.«

Sabrina nickte wissend. »Ist mir früher auch dauernd passiert.« Sie steckte ihren Kellnerblock ein. »Jetzt habe ich einen aus Edelstahl. Kann ich sehr empfehlen!«

Fünf Minuten später brachte Sabrina die Getränke und die Donuts. Ausnahmsweise völlig unfallfrei verteilte sie die Gläser und die Platte mit dem Gebäck auf dem Tisch.

Franzi nahm einen Schluck von ihrem *LICK*. »Immer noch sehr gut!«, stellte sie fest und angelte sich einen Himbeerkringel von der Silberplatte.

Kim rührte mit dem Strohhalm in ihrem Glas. »Wisst ihr was, ich denke, wir sollten Kommissar Peters direkt auf das Falschgeld in der Müllanlage ansprechen und unsere Hilfe anbieten.«

Marie nickte. »Klar, versuchen können wir es.«

Franzi kaute schnell und schluckte. »Unbedingt!«

Kim zog ihr Handy aus der Tasche und tippte. »Mist«, sagte

sie einige Sekunden später. »Da geht nur die Mailbox ran. Ich versuche es später noch mal.« Sie nahm sich einen Vanille-Donut und biss herzhaft hinein. »Ich gebe nicht auf«, nuschelte sie mit vollen Backen.

Marie grinste. »Ich hatte nichts anderes erwartet.« Sie lehnte sich zurück, schloss die Augen und ließ sich die Sonne ins Gesicht scheinen. Plötzlich ertönte der Signalton eines Handys.

»Das ist bestimmt der Kommissar!«, rief Kim und griff zu ihrem Handy. Im selben Moment hielt Franzi ihr Smartphone hoch. »Nein, das ist nur eine Nachricht von Blake.« Augenblicklich fingen Kim und Marie an zu grinsen. »Soso«, sagte Marie. »Nur eine Nachricht von Blake.« Sie hatten Blake im Waldschwimmbad kennengelernt und zwei Fälle mit seiner Hilfe gelöst. Besonders Franzi hatte immer schon einen guten Draht zu ihm gehabt, da er mindestens so sportlich war wie sie. Marie hatte das Gefühl, dass Franzi sich in der letzten Zeit noch häufiger mit Blake traf als früher. Sie waren jedenfalls auffallend oft zusammen schwimmen und rudern oder im Jakobipark bei der Skaterbahn verabredet. Allerdings behauptete Franzi immer, dass sie absolut überzeugter Single sei und ihre Freiheit voll und ganz genieße.

»Was seht ihr mich denn so an?«, fragte Franzi. Sie zog energisch erst den einen, dann den anderen Haargummi an ihren kurzen roten Zöpfen fest. »Blake hat gerade erfahren, dass die Skatershirts, die wir uns letzte Woche angesehen haben, reduziert wurden. Er fragt, ob er mir eins mitbringen soll.« Marie grinste. »Das ist aber sehr nett von ihm.«

Franzi nickte ungerührt. »Klar, andersrum hätte ich es doch genauso gemacht.«
»Jaa, klaar«, sagte Kim gedehnt. »Und wie war das jetzt noch mal, du warst mit Blake letzte Woche shoppen?«
»Quatsch!« Franzi verdrehte die Augen. »Wir waren bei der Skaterbahn und danach, auf dem Weg zur Eisdiele, kamen wir an dem Sportgeschäft vorbei und haben die Shirts in der Auslage entdeckt.«
»Ihr wart zusammen Eis essen?«, rief Marie. Das wurde ja immer besser. Sie dachte ja schon länger, dass da zwischen Franzi und Blake etwas lief!
»Das hast du ja gar nicht erzählt«, sagte Kim.
»Warum auch«, gab Franzi schnippisch zurück. »Das ist doch nichts Besonderes. Mit dir und Marie gehe ich ja auch Eis essen.« Sie verschränkte die Arme vor der Brust. »Mensch! Zwischen Blake und mir ist nichts! Wir sind einfach nur gute Freunde.«
Marie seufzte. »Gute Freunde«, wiederholte sie. »Klar.«
»Ja. Und jetzt will ich nicht mehr über so einen Blödsinn reden!« Franzi fing an, auf ihrem Smartphone zu tippen.
»Ich gebe Blake nur schnell Bescheid«, murmelte sie. Kim und Marie wechselten einen belustigten Blick. Dann nahm Kim ihr Handy. »Und ich versuche es noch mal bei Kommissar Peters.«
Doch auch dieses Mal hatte Kim kein Glück. »Der Gesprächsteilnehmer ist vorübergehend nicht zu erreichen«, murmelte sie. »Ich rufe auf dem Präsidium an.«

Auch dort war der Kommissar jedoch nicht zu sprechen. Immerhin erfuhr Kim vom diensthabenden Polizisten, dass Peters im Einsatz war. Worum es sich dabei handelte, verriet der Mann natürlich nicht. Aber er versprach, dem Kommissar auszurichten, dass Kim angerufen hatte.

»Das war's dann wohl für heute«, murrte Kim. Sie trank ihr Glas aus.

Marie zuckte mit den Schultern. »Immer schön ruhig bleiben. Wir bekommen unseren Fall schon noch!« Auch sie trank ihren *LICK* aus und stellte das Glas energisch auf den Tisch. »Was ist die zweitbeste Art, um sich abzulenken?!« Sie boxte Kim leicht gegen den Arm.

»Einen zweiten *LICK* trinken?«, murmelte Kim. »Unmengen von Donuts essen?«

»Quatsch!« Marie zog ihren Geldbeutel aus der Tasche. »Shoppen natürlich! Ich bezahle jetzt und dann bummeln wir die Rathauspassage entlang! Als Erstes sehen wir uns aber diesen neuen Parfümladen an. Seid ihr dabei?«

Kim nickte. »Warum nicht.«

Franzi zögerte einen Moment. »Eigentlich wollte ich noch im Park bei der Skaterbahn vorbeischauen.« Sie zuckte mit den Schultern. »Aber dieser Parfümladen interessiert mich auch.«

»Vielleicht findest du einen schönen Duft für Blake«, stichelte Marie.

»Du bist so blöd!«, rief Franzi und setzte zu einer Kitzelattacke an. Marie wich schnell aus, sodass Franzis Zeigefinger Kims Rippen trafen.

»He!«, rief Kim und pikte ihrerseits zwei Finger in Franzis Seiten. Marie nutzte die Gelegenheit, warf einen Geldschein auf den Tisch und flüchtete kichernd. Kim und Franzi rannten hinter ihr her. Kim gab schon nach einigen Metern auf, aber Franzi holte Marie schnell ein.
»Na warte!«, drohte sie ihr lachend und kitzelte sie ausgiebig durch.
»Gnade!«, rief Marie schließlich. »Meine Wimperntusche ist bestimmt schon ganz verlaufen!«
Franzi sah Marie kritisch an. »Stimmt, du siehst aus wie ein Pandabär!«
»Was? So schlimm?« Hektisch suchte Marie nach ihrem Taschenspiegel, fand ihn aber nicht. »Ich muss unbedingt ins *Lomo* zurück zu den Toiletten!«
Franzi schüttelte grinsend den Kopf. »Nein, vergiss es. Es ist alles in Ordnung.«
»Wehe, du lügst«, sagte Marie. Sie überlegte kurz, doch zum *Lomo* zurückzukehren, entschied sich dann aber dafür, Franzi zu vertrauen.
Kim schloss zu ihnen auf und sie liefen zum Marktplatz.
»Dahinten ist es«, sagte Kim, nachdem sie in eine der kleinen Straßen hinter dem Platz eingebogen waren. »Jetzt erinnere ich mich. Das ist die alte Apotheke. Da wurde monatelang renoviert.«
Sie blieben vor dem zweistöckigen Haus stehen. Die Fassade war cremefarben getüncht und von dunklen Holzbalken durchzogen. Der Name *Duftglück* prangte in silberfarbenen

Lettern über einem großen Schaufenster, durch das man in den Laden blicken konnte. Die Einrichtung bestand zum Teil aus dem uralten Apotheken-Mobiliar und einigen modernen Tischen und Tresen aus Glas und Chrom. In den Fächern eines schweren dunklen Schrankregals waren unzählige Parfümflakons in allen möglichen Farben und Formen aufgereiht. Lichtspots an der Decke leuchteten sie so geschickt an, dass sie von innen heraus zu glühen schienen.

»Das sieht ja toll aus«, stellte Marie fest. Sie lief die Treppenstufen zum Eingang hoch. In dem Moment wurde die Tür geöffnet und ein älterer Herr in schwarzem Pulli und schwarzer Jeans trat heraus. Sein dichtes weißes Haar fiel in Wellen bis auf seine Schultern herab. Er wandte sich nochmals um und sagte: »Grüß Ellie bitte von mir. Und sie soll unbedingt gleich nachsehen, wenn sie zurück ist. *Blütenzauber* hat es geheißen. Ich brauche unbedingt wieder einen Flakon, ja?«

Eine weibliche Stimme rief im Laden: »Ja, ich sage es ihr gleich, wenn sie wieder da ist! Tschüss!«

»Tschüss!« Der Mann drehte sich um und zuckte kurz zusammen, als er Marie bemerkte. »Oh, entschuldige, jetzt hätte ich dich beinahe umgerannt.«

Marie lächelte. »Kein Problem!« Sie trat einen Schritt zurück und machte Platz. »Ich habe nicht darauf geachtet, dass gerade jemand zur Tür herauskommt. Bitte sehr!«

»Sehr freundlich, besten Dank!« Der alte Herr strahlte Marie an und deutete eine Verbeugung an. Dann lief er erstaunlich schnell die Treppe hinunter und verschwand im Haus nebenan.

Die drei !!! betraten den Laden. Eine vielleicht 30-jährige Frau mit dunklem Pagenschnitt und hellrot geschminkten Lippen stand hinter einem Tresen. Sie trug Jeans und ein weißes Hemd. »Hallo, herzlich willkommen!«, sagte sie. Sie lächelte strahlend. »Was kann ich für euch tun?«
»Wir haben im *Café Lomo* von Ihrem neuen Laden gehört«, sagte Marie. »Da waren wir einfach neugierig.« Sie räusperte sich. »Ich bin auf der Suche nach einem neuen Parfüm für mich. So etwas in der Richtung Ihrer *Sommerbrise* könnte ich mir vorstellen.«
Die junge Frau nickte. »Ihr habt also unseren Duftautomaten in dem Café ausprobiert. Schön, das freut mich!« Sie trat hinter dem Tresen hervor und ging auf die Mädchen zu.
»Ja, so ähnlich«, sagte Marie zögernd. »Auf jeden Fall fand ich den Sommerbrisenduft sehr ansprechend.«
Plötzlich polterten Schritte die Treppe hinunter, die sich im hinteren Ladenbereich befand. Eine Stimme ertönte: »Amélie, ich kann sie nirgends finden!« Ein ungefähr 19- oder 20-jähriger junger Mann erschien auf dem mittleren Treppenabsatz. Er beugte sich über das Geländer. Seine blauen Augen blitzten unter einem fransigen Blondschopf hervor.
»Wir müssen unbedingt beim Wasserfall ... oh! Kundschaft, Entschuldigung!« Der Junge grinste schief und zog sich blitzartig zurück.
Die junge Frau zupfte an ihrem Hemdkragen. »Wir klären das später!«, rief sie nach oben. Dann lächelte sie die drei Mädchen an und verdrehte die Augen. »Das ist mein kleiner

Bruder. Er hat hier an der Uni angefangen, Biologie zu studieren, und wohnt bei uns, bis er ein WG-Zimmer gefunden hat. Ich hoffe, das ist bald der Fall. Dauernd verschlampt er seine Sachen und sucht danach. Also, entschuldigt bitte, wo waren wir stehen geblieben?«

Marie antwortete: »Bei der *Sommerbrise*«, und strich sich eine Haarsträhne aus dem Gesicht. Sie sah sich um. Eine Wand des Ladens war mit Grünpflanzen und mit einem plätschernden kleinen Wasserfall dekoriert. Marie fragte sich kurz, was der Junge dort verloren haben könnte, entschied dann aber, dass das jetzt wirklich nicht ihr Problem war. Sie fuhr fort: »Allerdings fände ich eine leichtere Kopfnote gut. Und in der Basis könnte es noch etwas blumiger sein. Ich benutze seit langer Zeit ein Parfüm mit Maiglöckchen-Vanille-Note. Das gefällt mir schon ganz gut, ich möchte aber gerne einen Duft, der etwas, ähm, erwachsener ist.« Marie zuckte mit den Schultern. »Verstehen Sie, was ich meine?«

Kim und Franzi sahen Marie mit offenen Mündern an. Die junge Frau nickte anerkennend. »Ja, ich glaube schon. Du kennst dich ja richtig gut in der Welt der Düfte aus!«

Marie lächelte. »Parfüms interessieren mich einfach.«

»Das ist schön!«, sagte die junge Frau begeistert. »Dann bist du hier genau richtig.« Sie lief zu einem Tresen, auf dem hunderte von mit Korken verschlossenen Glasröhrchen in Holzständern lagerten. »Hier haben wir unsere Duftorgel mit den verschiedenen Proben. Wenn du möchtest, stelle ich dir eine Auswahl an Düften zusammen, die in deine Wunschrichtung

gehen.« Sie lächelte Kim und Franzi an. »Habt ihr beiden auch Lust auf eine kleine Schnupperprobe?«
»Ja, auf jeden Fall«, sagte Franzi. Kim nickte. »Warum nicht!«
Die junge Frau schnippte plötzlich mit dem Finger. »Wisst ihr was, ihr könntet auch an einem kleinen Duftseminar teilnehmen, wenn ihr Lust habt. Elisa Saalberg, meine Freundin und Besitzerin des Ladens, veranstaltet morgen einen kostenlosen Schnupperkurs für Interessierte. Jeder kann sich im Anschluss daran seinen Lieblingsduft zu einem Sonderpreis kreieren.« Sie griff nach einer weißen Mappe auf dem Tresen und schlug sie auf. »Soviel ich weiß, sind noch einige Plätze frei.«
Marie sah Kim und Franzi an. »Was ist, habt ihr Lust? Ich würde das gerne machen!«
Kim und Franzi stimmten sofort zu.
Im nächsten Moment sagte die junge Frau: »Super, da kommt Ellie! Habt ihr noch eine Sekunde? Dann können wir das mit ihr kurz abstimmen.«
Eine ebenfalls ungefähr 30-jährige Frau mit blondem Pferdeschwanz betrat den Laden und stellte eine leere Tasche neben der Wasserfallwand ab. »Mann, war das eine lange Schlange bei der Post.«
»Hi, Elisa«, rief die junge Frau. »Sag mal, in deinem Duftseminar morgen gibt es noch Plätze, oder? Die jungen Damen hier würden gerne teilnehmen.«
Elisa Saalberg lächelte die drei !!! an, wobei zwei kleine Grübchen in ihren Wangen erschienen. Sie strich sich eine Haarsträhne aus dem Gesicht. »Ja, klar! Fein. Das freut mich!«

Überfall

Detektivtagebuch von Kim Jülich
Freitag, 21:30 Uhr

So ein Mist. Ich hätte es mir ja denken können! Kommissar Peters hat den Fall in der Müllverbrennungsanlage bereits mit seinem Team übernommen. Wir haben fast zwei Stunden bei dem Leiter des Müllbunkers verbracht. Total verlorene Zeit! Wir haben alles Mögliche über Müllverwertung usw. erfahren – nur zu den beiden Säcken mit zerschnittenem Falschgeld wollte er nichts sagen. Auch Kommissar Peters hüllt sich in Schweigen. Er geht einfach nicht ans Telefon. So was Blödes!
Wir müssen dringend einen Plan machen, wie es jetzt weitergeht. Deshalb haben Marie, Franzi und ich uns für morgen Nachmittag zum Clubtreffen im Pferdeschuppen verabredet.
Ich will endlich einen neuen Fall!!!

Geheimes Tagebuch von Kim Jülich
Freitag, 22:25 Uhr

Warnung! Was steht da oben? Genau: GEHEIMES Tagebuch von Kim Jülich. Und das bedeutet WAS? Dass du jetzt sofort aufhörst zu lesen! Aber SOFORT!!!

Ich vermisse Michi so! Besonders schlimm ist es, wenn Marie mit leuchtenden Augen von Holger erzählt. Oder wenn Franzi mit roten Wangen eine Nachricht von Blake liest (obwohl sie angeblich nur beste Freunde sind ...). Ich sollte mich vielleicht schnell in irgendeinen Jungen verlieben, damit ich Michi endlich vergessen kann. Aber das ist ja totaler Schwachsinn. Außerdem vergleiche ich sowieso jeden Jungen mit Michi. Und an ihn kommt einfach keiner heran. Ich merke, dass es mir nicht guttut, über Michi zu schreiben. So werde ich ihn nie vergessen können. Also STOPP. Keinen Ton mehr über ihn. Ablenkung! Ablenkung!! Ablenkung!!!
Außerdem möchte ich jetzt wirklich, dass du aufhörst hier zu lesen!!! Besonders, wenn du Ben oder Lukas heißt, ja, ihr blöden Zwillingsbrüder: Eurer großen Schwester geht es gerade nicht so gut. Und es wäre sehr nett, wenn ihr wenigstens meine PRIVATSPHÄRE RESPEKTIEREN würdet!!!
Ich bin so froh, dass es Marie und Franzi gibt! Wir sind nicht nur ein perfektes Detektivteam, sondern auch allerbeste Freundinnen (auch wenn wir öfters drei verschiedene Meinungen haben und uns ein bisschen streiten, wir vertragen uns auch immer wieder schnell – weil wir, tief im Innersten, doch alle gleich ticken!!!). Und zum Thema Ablenkung: Ich nehme morgen zusammen mit Franzi und Marie an einem Duftseminar in der neuen Parfümerie hinter dem Marktplatz teil. Wir haben uns den Laden gestern angesehen und die Besitzerin und ihre Freundin, die ihr im Geschäft hilft, kennengelernt. Die beiden, Elisa Saalberg und Amélie Vernel, sind supernett. Sie haben sich in Paris kennengelernt, wo beide drei Jahre in einer Duftmanufaktur gearbeitet und das Parfümhandwerk gelernt haben. Eigentlich wollten die beiden in Frankreich bleiben und dort einen Parfümladen aufmachen. Am liebsten in der Stadt Grasse. Das ist sozusagen die Metropole der Düfte. Dann hat Elisa aber das Haus und die alte Apotheke hier in unserer Stadt von ihrem Onkel Hector geerbt, der plötzlich vor einem halben Jahr verstorben ist. Hector Saalberg hat schon vor zwanzig Jahren, neben seiner Arbeit als Apotheker, angefangen, sich für die Duftkunst zu

interessieren. Er hat überall auf der Welt nach alten Parfümrezepten gesucht und diese Düfte, die zum Teil verloren gegangen waren, wieder neu erschaffen. Außerdem hat er als einer der Ersten ›persönliche Düfte‹ für die Kunden kreiert. Elisa hat ihm als Kind oft geholfen und so ebenfalls eine Leidenschaft für Parfüms entwickelt. Ich finde es so toll, wenn jemand von seinem Beruf so begeistert ist wie diese beiden Frauen. Bestimmt wird ihr Laden bald überall bekannt sein!
Jetzt ist es schon nach Mitternacht. Ich wollte doch noch den Blogeintrag fürs Jugendzentrum anfangen. Das muss ich auf morgen verschieben. Moni hat mich gefragt, ob ich bis Ende nächster Woche etwas zum Thema »Und was machen Sie so?« schreiben will. Es soll eine Serie über Berufe werden, die man ergreifen kann. Zuerst wollte ich »Detektiv oder Privatermittler« nehmen. Aber Marie meinte, dass ich das mal schön bleiben lassen soll. Dann würden nämlich hunderte von Leuten davon erfahren, wie spannend die Detektivarbeit ist, und wir hätten in kürzester Zeit eine Riesenkonkurrenz. Da hat sie natürlich recht.
Vielleicht schreibe ich etwas über den Beruf des Parfümeurs?! Ja, das ist, glaube ich, eine gute Idee. Da kann ich morgen gleich die beiden Frauen dazu interviewen. So, und jetzt muss ich wirklich dringend ins Bett. Ich hoffe, ich träume nicht schon wieder von Michi ... STOPP. Ich darf seinen Namen nicht mehr erwähnen.

Marie schloss das Rad an einem Laternenpfahl unweit des Parfümladens an. Sie sah auf ihre Armbanduhr. Es war erst fünf vor elf. Kaum zu glauben: Sie war mehr als pünktlich dran! Im nächsten Moment kam auch schon Kim auf ihrem Fahrrad herangerollt. Sie stoppte mit roten Wangen neben Marie. »Hallo! Das ist ja mal eine Überraschung. Du bist die Erste!« Marie nickte und grinste. »Das habe ich meinem Bruder zu verdanken. Er hat uns heute Morgen um halb sechs mit einer

kleinen Schlagzeugsession geweckt. Danach konnte ich nicht mehr richtig einschlafen.«
»Schlagzeugsession?«, fragte Kim verwundert und schloss ihr Rad neben dem von Marie an. »Ist er dafür nicht noch ein bisschen jung?«
»Natürlich hat er kein richtiges Schlagzeug. Aber ich kann dir sagen, dass Bauklötze, die gegen die Stäbe eines Gitterbetts gedonnert werden, auch ordentlich Lärm machen.« Kim verzog das Gesicht. »Das glaube ich sofort.«
»Mein Vater ist furchtbar stolz auf das tolle Rhythmusgefühl, das Finn angeblich hat.« Marie schüttelte den Kopf.
»Mal sehen, wie lange er noch begeistert ist. Wenn der Kurze uns jetzt regelmäßig im Morgengrauen mit seiner Musik weckt, wird Papa es nicht mehr so toll finden. Besonders, wenn er einen Nachtdreh hatte und ausschlafen will.«
»Da könntest du recht haben«, antwortete Kim und grinste. Plötzlich winkte sie. »Da kommt Franzi!«
Ihre Freundin begrüßte sie gut gelaunt. Sie boxte Marie leicht gegen den Arm. »Du bist ja auch schon da! Das ist ja der Hammer!«
Marie grinste. »Es geschehen eben noch Zeichen und Wunder! Aber jetzt lasst uns nicht weiter hier rumquatschen. Sonst kommen wir alle drei noch zu spät.«
Sie liefen das kurze Stück rüber zu dem kleinen Fachwerkhäuschen.
»Ich bin echt gespannt!«, sagte Marie und griff zum Türknauf. Als sie daran zog, tat sich jedoch nichts. Verwundert

rüttelte Marie an der Tür. »Die geht nicht auf!« Dann entdeckte sie ein schmales Schild, das von innen an einer goldenen Kette herabhing. »Geschlossen!« war darauf zu lesen. »Haben wir das mit dem Termin vielleicht falsch verstanden?«, fragte Marie. »Findet das Seminar erst nächste Woche statt?«
Kim schüttelte den Kopf. »Nein, ich bin ganz sicher, dass es heute ist!« Sie trat an die Schaufensterscheibe heran und versuchte, in den Laden zu sehen. »Was ist da los?« Plötzlich stutzte sie. Dann rief sie: »Die alten Flakons in dem einen Regal. Sie sind alle verschwunden!«
Franzi trat neben Kim und starrte in den Laden. »Dahinten stehen zwei Männer.« Sie schluckte. »Und Elisa Saalberg kniet am Boden. Was hat der eine Mann in der Hand? Es sieht aus wie ein Stock!«
Marie riss die Augen auf. Waren sie gerade Zeugen eines Raubüberfalls? Sie klopfte heftig gegen die Glastür. Gleichzeitig holte sie ihr Handy hervor. Elisa Saalberg richtete sich auf. Marie stellte fest, dass sie zwar ziemlich blass um die Nase herum war, jedoch nicht verängstigt wirkte. Jetzt sagte die junge Frau etwas zu den Männern und lief zur Eingangstür. Marie hielt den Atem an. Die Parfümeurin schloss die Tür auf und trat zu ihnen hinaus. »Es tut mir leid!«, rief sie.
»Ist alles in Ordnung? Geht es Ihnen gut?«, wollte Kim wissen. »Ich meine, werden Sie bedroht? Was machen die Männer dort?«
»Soll ich die Polizei rufen?«, fragte Marie und hielt ihr Handy bereit.

Elisa Saalberg sah die Mädchen erstaunt an. »Nein, das ist nicht nötig, wirklich nicht.«
»Aber Sie wurden bedroht!«, warf Kim ein.
Die blonde Frau schüttelte verwundert den Kopf. »Wie kommst du denn darauf?« Ohne eine Antwort abzuwarten, fuhr sie fort: »Es tut mir wirklich leid! Ich habe euch gestern nur als Kim, Franzi und Marie eingetragen. Eure Handynummern hatte ich nicht und konnte euch nicht informieren. Allen anderen Teilnehmern habe ich heute Morgen noch abgesagt. Das Seminar wird nächsten Samstag nachgeholt.«
Die drei !!! sahen sich verwundert an. »Aber warum? Was ist denn passiert?«, fragte Marie.
»Kommt doch erst mal herein«, bat Elisa Saalberg. »Dann erkläre ich es euch.« Sie öffnete die Tür ein Stück weiter. Sofort drang eine intensive Duftwolke aus dem Laden zu ihnen. Franzi trat entsetzt zurück und hielt sich die Nase zu. Kim fing an zu husten und Marie verfiel in Schnappatmung.
»Was ist denn hier …«, fing sie an, bekam dann aber ebenfalls einen Hustenanfall.
»Das ist das Parfüm der Flakons, die ausgelaufen sind.« Sie deutete zu dem Chaos aus Glasflakons auf dem Teppichboden vor dem Apothekerschrank und schüttelte den Kopf. »Ihr könnt sicher verstehen, dass ich in dieser Situation hier kein Seminar zur Schärfung der Duftsinne abhalten kann.«
Franzi nickte hektisch. Sie hielt sich ihren Schal vor Nase und Mund. »Der Gestank, äh … Duft ist umwerfend.« Elisa Saalberg grinste schief. »So kann man es auch sagen.«

Marie nickte in Richtung der beiden Männer. »Wer sind die beiden? Was wollen die hier?«
»Das sind zwei Handwerker von *Teppich-Meyer.*« Elisa Saalberg seufzte. »Ich bin so froh, dass sie gleich kommen und sich die Bescherung ansehen konnten.«
Jetzt erkannte Marie auch, was der eine Mann in der Hand hielt. Sie atmete auf. Es war ein Zollstock.
»Der Teppich vor den Regalen muss ersetzt werden«, fuhr die Parfümeurin fort. »Die Duftessenzen kann man mit keinem Reinigungsmittel der Welt mehr wegbekommen.« Sie lächelte schief. »Das ist ja schließlich das Qualitätsmerkmal hervorragender Parfüms: Sie verfliegen nicht so schnell.« Sie zuckte mit den Schultern. »Zum Glück können die Herren von *Teppich-Meyer* gleich loslegen. Dann lüften wir ordentlich durch und stellen Schalen mit Kaffeepulver zur weiteren Neutralisation der Raumluft auf. Wir müssen den Laden also nur heute geschlossen lassen.« Sie seufzte. »Es ist ärgerlich genug, dass das Seminar ausfallen musste. Das macht natürlich keinen guten Eindruck auf die Kundschaft. Und ...« Elisa Saalberg schluckte. »Der Verlust der Essenzen ist ein großer Schaden. Zum Glück ist keins der Fläschchen kaputtgegangen, der Teppichboden hat vor Glasbruch bewahrt. Und die Rezepte hat mein Onkel alle aufgeschrieben und aufbewahrt. Aber trotzdem, es ist so traurig und irgendwie beunruhigend ...« Sie presste die Lippen aufeinander.
Die drei !!! sahen sich alarmiert an. »Wie ist das denn passiert?«, fragte Kim. Sie trat vorsichtig näher an die Schrankwand aus schwerem Eichenholz heran.

»Das ist es ja: Ich weiß es nicht. Amélie hat in der Nacht etwas gehört und ist in den Laden runtergegangen. Da hat sie die Bescherung entdeckt: Alle Flakons sind rausgefallen.« Elisa Saalberg zuckte mit den Schultern. »Ich selbst habe am Abend einen starken Baldriantee getrunken und deswegen tief geschlafen. In der letzten Zeit habe ich Schwierigkeiten mit dem Schlafen. Ich höre immer so einen merkwürdigen hohen Ton, und dann werde ich ganz nervös.« Sie zögerte. »Manchmal sehe ich sogar Lichter, Irrlichter.« Die drei !!! wechselten einen Blick.

»Was für Lichter sind das?«, fragte Kim. »Und was für Töne?« Elisa Saalberg biss sich auf die Lippe. »Ich kann das schwer beschreiben.« Sie bückte sich, hob einen Glasflakon auf und legte ihn vorsichtig in einen Korb. Dutzende von bunten Flakons befanden sich bereits darin. »Wahrscheinlich sind das einfach nur meine Nerven«, fuhr die junge Frau fort. »Die letzten Monate waren ziemlich anstrengend. Der Umzug von Paris hierher, die Renovierungsarbeiten, der ganze organisatorische Kram. Ich bin einfach urlaubsreif.« Sie griff nach einem weiteren Flakon und verstaute ihn im Korb.

»Und jetzt muss auch noch so etwas passieren! Amélie meinte, dass es ein leichtes Erdbeben gewesen sein könnte.«

»Aber warum sind dann nur die Parfümflaschen aus diesem einen Regal herausgefallen?« Marie deutete auf einen Ständer mit schmalen Phiolen, die dekorativ aufgebauten Türmchen aus handgeschöpften Seifenstücken und diverse Tiegel und Töpfchen in weiteren Regalen. »Mit den anderen Sachen ist doch alles in Ordnung.«

Kim nickte. »Sehe ich genauso.« Sie biss sich auf die Lippe. Einige Sekunden herrschte nachdenkliches Schweigen. Dann fragte Kim: »Waren Sie und Ihre Freundin letzte Nacht alleine hier?«

»Nein«, antwortete Elisa. »Amélies Bruder war noch da. Er wohnt gerade für ein paar Monate hier.«

Kim räusperte sich. »Darf ich fragen, ob Sie sich mit Amélie und ihrem Bruder gut verstehen?«

Elisa sah Kim überrascht an. »Natürlich verstehe ich mich gut mit ihnen! Amélie und ich kennen uns seit mehr als fünf Jahren. Und ihr Bruder ist ein richtig netter Kerl. Ich vertraue den beiden absolut!«

»Sie können sich also nicht vorstellen, dass sie etwas mit diesem Vorfall hier zu tun haben könnten?«

Elisa schüttelte energisch den Kopf. »Niemals.«

»Es könnte ja auch ein Versehen gewesen sein«, gab Marie zu bedenken.

»Ein Versehen?« Kim schüttelte den Kopf. »Ich kann mir nicht vorstellen, wie man hinter den Tresen und dann so gegen das Regal gelangen kann, dass da alles rausfällt.«

»Wer, außer Ihnen, hat einen Schlüssel für den Laden?«, wollte Franzi wissen.

Elisa tupfte einen silbernen Flakon mit einem Lappen ab.

»Amélie natürlich. Und für ihren Bruder Sebastian haben wir ebenfalls einen Schlüssel nachmachen lassen. Wir wohnen ja alle im oberen Stockwerk und man kommt nur über den Eingang des Ladens ins Haus.« Es klirrte leise, als Elisa das nächste

Fläschchen in den Korb stellte. »Warum fragst du?«
Franzi machte ein ernstes Gesicht. »Wenn niemand von Ihnen dreien infrage kommt, muss ein Fremder in der letzten Nacht in den Laden gekommen sein. Und zwar mit einem Schlüssel!«
Kim nickte und deutete zum Eingang. »Franzi hat recht. An dem Schloss sind keine Spuren eines Einbruchs zu sehen. Das Schaufenster lässt sich nicht öffnen und an den beiden anderen Fenstern dahinten sind Fliegengitter. Die sind fest mit dem Rahmen verschraubt, wenn ich das richtig sehe.« Elisa nickte. »Genau. Die habe ich als Erstes einbauen lassen, als ich hier eingezogen bin. Ich hasse Spinnen und Insekten!«
»Hat das Haus einen Keller?«, wollte Kim wissen. Elisa schüttelte den Kopf. »Nicht dass ich wüsste.«
Kim verschränkte die Arme vor der Brust. »Man kommt also nur über den Ladeneingang hinein. Jemand muss einen Schlüssel besitzen!«
Elisa schüttelte langsam den Kopf. »Oder es war doch Onkel Hectors Geist.«
Marie meinte, sich gerade verhört zu haben. »Bitte?«, fragte sie. »Was haben Sie gesagt?«
»Onkel Hector.« Plötzlich wurde Elisa noch blasser, sie schwankte. Franzi schob ihr schnell einen der Chromsessel hin und die junge Frau ließ sich dankbar hineinfallen. Die drei !!! betrachteten Elisa besorgt.
»Brauchen Sie einen Arzt?«, fragte Marie.
»Nein, es ist schon gut.« Elisa tupfte sich mit dem Taschentuch über die Stirn und starrte vor sich auf den Boden.

»Was meinen Sie mit ›Hectors Geist‹?«, fragte Kim alarmiert. Elisa Saalberg lächelte schwach. »Ich weiß, es klingt verrückt. Aber ich habe einfach das Gefühl, Onkel Hector ist irgendwie immer noch anwesend. Er hat seinen Parfümladen sehr geliebt.«

Nachdenklich blickte sie auf die Fläschchen in dem Korb. Dann sah sie auf die noch auf dem Boden liegenden Phiolen. Es waren vielleicht zehn Stück, schätzte Marie. Wieder ging Elisas Blick zurück zum Korb. Sie murmelte: »Wo ist denn das *Seelentränen*-Parfüm?«

»Was ist denn hier los?«, war plötzlich eine männliche Stimme zu hören. Marie fuhr herum. Der weißhaarige Mann von gestern stand in der Tür. Er machte einen besorgten Eindruck.

»Benjamin!«, rief Elisa. »Komm doch herein.«

Sie stellte Kim, Franzi und Marie vor. Dann sagte sie: »Das ist Benjamin Haarer, er betreibt die Druckgrafik-Galerie im Nachbarhaus und ist ein alter Freund von meinem Onkel. Ich kenne ihn, seit ich ein kleines Mädchen war. Er hat mir in den letzten Wochen hier sehr viel geholfen.«

Der weißhaarige Mann schüttelte den Kopf. »Ach was, das waren doch nur Kleinigkeiten.« Er deutete auf die am Boden liegenden Flakons. »Aber jetzt erzähl, was ist hier passiert?«

Elisa zuckte mit den Schultern. »Es ist alles sehr merkwürdig.«

Sie schilderte in kurzen Worten, was vorgefallen war und welchen Verdacht die drei !!! ausgesprochen hatte.

Benjamin Haarer machte ein entsetztes Gesicht. »Wer sollte denn so etwas machen?«, murmelte er. »Nein, das kann ich nicht glauben. Es gibt bestimmt eine andere Erklärung dafür, dass die Flakons aus dem Regal gefallen sind!«

»Aber welche sollte das sein?« Kim strich sich eine Haarsträhne aus der Stirn. Sie wechselte einen Blick mit Franzi und Marie. Die beiden nickten. »Frau Saalberg, in Ihrem Laden ist ein ziemlich großer Schaden entstanden«, sagte Kim. »Wir können uns um die Angelegenheit kümmern, wenn Sie das möchten.«

Die blonde Frau sah Kim erstaunt an. »Wie meinst du das?«

Marie zog ein silbernes Etui aus der Hosentasche und überreichte Elisa Saalberg eine Visitenkarte ihres Clubs. »Wir sind Detektivinnen«, erklärte Marie. »Und wir möchten Ihnen unsere Hilfe anbieten!«

Elisa Saalberg nahm überrascht die Karte und las.

Zum Verrücktwerden!

Zwei Stunden später betraten Kim, Franzi und Marie den alten Pferdeschuppen. Das Gebäude befand sich im Garten hinter dem Bauernhaus, in dem Franzi mit ihrer Familie wohnte, und sah mit seinen wettergegerbten Holzplanken von außen völlig unscheinbar aus. Im Inneren jedoch beherbergte es das geheime Hauptquartier der drei Detektivinnen. Die Mädchen hatten den Schuppen vor langer Zeit entrümpelt, neu gestrichen und mit ein paar gut erhaltenen Möbeln vom Sperrmüll ausgestattet. Seitdem gab es eine gemütliche Sitzecke, mehrere Regale und einen großen Rollcontainer mit Geheimfach, in dem sie ihre wertvollen Detektivutensilien aufbewahrten.

Franzi stellte eine Schale mit Keksen auf den Tisch und öffnete eine große Flasche Himbeerbrause. Während Kim und Marie sich setzten, schenkte sie drei Gläser ein. »Leute, so schnell kann's gehen!« Sie reichte Kim und Marie die Getränke. »Wir haben einen neuen Fall!«

Kim seufzte und nahm einen Schluck Brause. »Warten wir erst mal ab, ob Elisa Saalberg sich überhaupt meldet. Ich hatte nicht das Gefühl, dass sie großen Wert darauf legt, dass wir ihr helfen.«

Franzi schüttelte den Kopf. »Ich glaube, sie war einfach erschöpft und mit den Nerven am Ende. Sie hat ja auch gesagt, dass ihr gerade alles zu viel ist. Sie ruft bestimmt in den nächsten Tagen an!«

»Hoffentlich«, sagte Kim. Sie verschränkte die Arme vor der Brust. »Aber es war sehr ärgerlich, dass die Teppichverleger sofort losgelegt haben. Wenn es Spuren gegeben hat, sind die jetzt alle vernichtet.«

»Allerdings, das ist richtig blöd.« Franzi seufzte. »Auf der anderen Seite kann ich verstehen, dass Elisa Saalberg alles schnell in Ordnung gebracht haben wollte. Sie muss ihr Geschäft ja bald wieder öffnen.«

»Ja«, sagte Marie. »Es ist schon schlimm genug, dass das Duftseminar heute ausfallen musste. Ich glaube wirklich, da will jemand dem Parfümladen schaden.« Sie angelte sich einen Keks aus der Schale, biss ein Stück ab und kaute nachdenklich. »Sehr lecker übrigens«, nuschelte sie schließlich.

»Die hat meine Mutter heute Morgen frisch gebacken«, antwortete Franzi. »Zitronen-Cookies mit weißer Schokolade.«

Kim nahm sich ebenfalls einen Keks und biss ein großes Stück ab. »Wirklich fantastisch!«, sagte sie und kaute genüsslich. Dann wurde sie ernst. »Wir haben es aber nicht nur mit Sabotage zu tun, sondern wahrscheinlich auch noch mit Diebstahl!«

Marie nickte. »Du meinst das *Seelentränen*-Parfüm, das Frau Saalberg vermisst?«

»Genau.« Kim schob ein paar Krümel auf ihrem Teller zusammen. »Das und ein weiteres Parfüm: dieser *Blütenzauber*!«
»Stimmt«, sagte Marie. »Das Parfüm, das der Galerist von nebenan unbedingt haben will.« Sie grinste. »Ich fand es übrigens total süß, wie er rot angelaufen ist, als er sagte, dass er das Parfüm seiner Freundin schenken möchte. Er sah richtig verknallt aus.«
Kim lächelte. »Es ist echt schön, wenn auch ältere Menschen verliebt sind.« Sie hielt nachdenklich inne. »Ach, die Liebe«, flüsterte sie schließlich mit glasigen Augen.
Marie wollte ihrer Freundin gerade den Arm um die Schulter legen, da setzte sich Kim kerzengerade auf. Sie räusperte sich. »Leute, wir sind hier, um mit unserer Detektivarbeit vorwärtszukommen!« Sie zog ein Heft und einen Stift aus ihrem Rucksack. »Also, es gibt drei Personen, die einen Schlüssel für den Parfümladen haben: Elisa Saalberg, Amélie Vernel und der Bruder. Wie hieß der noch mal?«
»Sebastian«, sagte Marie.
Kim kritzelte die Namen ins Detektivbuch. Plötzlich runzelte sie die Stirn. »Was hat er gestern eigentlich gesucht? Er hat gesagt: *Sie* ist weg.« Kim fuhr sich durchs Haar. »*Sie* ist weg«, wiederholte sie leise. »Meinte er womöglich *die Parfümflasche*?«
»Aber welchen Sinn ergibt das?«, fragte Franzi.
»Keine Ahnung.« Kim zuckte mit den Schultern.
»Er hat zu Amélie gesagt, dass sie beim Wasserfall nachsehen müssen.« Marie schüttelte langsam den Kopf. »Wenn er tat-

sächlich die Parfümflasche gemeint hat, frage ich mich, warum er sie dort vermutet.«

»Ihr habt ja recht«, murmelte Kim. »Das passt alles irgendwie nicht.« Sie trommelte mit ihren Fingern auf der Tischplatte. »Womöglich ist alles nur ein dummer Zufall: Es gab tatsächlich ein kleines Erdbeben und die Flakons sind aus dem Regal gefallen. Und die beiden Parfüms sind gar nicht weg, sondern Frau Saalberg hat nur den Überblick verloren, weil ihr gerade alles zu viel wird.«

Franzi nickte. »Sie hat ja selbst gesagt, dass sie reif für den Urlaub ist.«

»Eine weitere Möglichkeit gibt es noch.« Marie räusperte sich. »Elisa Saalberg hat vermutet, dass der Geist ihres Onkels ...«

»Bitte nicht!«, unterbrach sie Franzi. »Jetzt fang nicht schon wieder mit deinen Gespenstergeschichten an! Frau Saalberg hat Geräusche gehört und komische Lichter gesehen, weil sie total überspannt ist. Das sind ihre Nerven. Kein Geist, der herumspukt.«

»Aber«, begann Marie, entschied sich dann aber zu schweigen. Es hatte keinen Sinn, mit Kim und Franzi über übernatürliche Phänomene zu diskutieren. Ihre Freundinnen glaubten einfach nicht an solche Sachen. Marie hingegen war sich sicher, dass es viel mehr Dinge zwischen Himmel und Erde gab, als man vermuten konnte. Bisher hatten sich zwar alle unheimlichen Erscheinungen, die ihnen bei ihrer Detektivarbeit begegnet waren, als von Menschenhand gemacht herausgestellt. Aber es konnte doch gut sein, dass dieses Mal ein echter

Geist eine Rolle spielte. Die aus dem Regal gefallenen Flakons deuteten doch geradezu auf das Treiben eines Poltergeistes hin. Franzis Stimme riss Marie aus ihren Gedanken. »Ich fürchte, wir können nichts anders tun, als darauf warten, dass Elisa Saalberg sich bei uns meldet.«

Kim seufzte. »Vielleicht fällt ihr ja doch noch eine Kundin ein, die sich in der letzten Zeit seltsam benommen hat, oder eine Person, die sich aus irgendeinem Grund an ihr rächen will. Auch, wenn sie die Frage danach spontan verneint hat.« Franzi und Marie nickten stumm.

Detektivtagebuch von Kim Jülich
Mittwoch, 19:45 Uhr

Es ist zum Verrücktwerden! Gerade jetzt, wo ich sie dringend bräuchte, klappt es mit der Detektivarbeit nicht richtig. Was ist denn bloß los? Gestern hat Elisa Saalberg angerufen und erzählt, dass sie den Flakon mit dem ›Seelentränen-Parfüm‹ gefunden hat. Sie hatte ihn wohl bei der Aufräumarbeit aus Versehen in ein anderes Regal zu den Seifen gestellt und dann später wieder entdeckt. Und jetzt kommt der Hammer: Das andere Parfüm namens ›Blütenzauber‹ gibt es wahrscheinlich gar nicht. Hier muss sich Benjamin Haarer getäuscht haben. Sein Freund, Frau Saalbergs Onkel, hat nämlich die Zusammenstellung von jedem einzelnen seiner Parfüms ganz genau aufgeschrieben und in einem Karteikasten aufbewahrt. Frau Saalberg ist alle Karteikarten genau durchgegangen – aber es gab gar kein Rezept mit dem Namen ›Blütenzauber‹. Es ist also naheliegend, dass dieses Parfüm nie existiert hat. Es gab also gar keine Diebstähle im Laden! Bleibt allerdings noch das Chaos mit den heruntergefallenen Flakons. Die Sache kommt mir immer noch seltsam vor! Ich habe recherchiert – es gab kein Erdbeben in der fraglichen Nacht.

Wir müssen uns den Tatort am Samstag, wenn das Duftseminar stattfindet, unbedingt noch einmal ansehen. Ich habe es im Gefühl: Diese Phiolen sind nicht einfach so aus dem Regal gefallen.

Geheimes Tagebuch von Kim Jülich
Mittwoch, 20:30 Uhr

Lesen streng verboten für alle, die nicht Kim Jülich heißen!!! Ist das klar, Ben? Lukas? Ansonsten wird demnächst, wenn ihr beim Fußballtraining seid, ein schweres Erdbeben euer Zimmer erschüttern. Dann werden eure sauber aufgereihten Plastikmonsterfiguren komplett durcheinandergeraten. Und womöglich geht das eine oder andere Monster verloren ... Das wollt ihr doch nicht, oder? Es liegt in eurer Hand ...

Es ist sehr merkwürdig: Elisa Saalberg hat mir erzählt, dass ihr Onkel das ›Seelentränen-Parfüm‹ vor zwanzig Jahren für eine Frau erschaffen hat, die großen Liebeskummer hatte. Was für ein Zufall ist das denn? Es enthält ganz viele Zitrusdüfte, frische, leichte Sachen, die den Geist frei machen, wie Frau Saalberg sagt. Das Besondere an dem Parfüm ist, dass Hector Saalberg eine Träne der Frau untergemischt hat. Damit soll die Seele der Frau in das Parfüm eingegangen sein und es mit einem magischen Zauber aufgeladen haben. Es soll der sogenannte Vergiss-mich-nicht-Zauber sein. Der Mann, den die Frau zurückerobern wollte, hat damals den Duft eingeatmet und soll dann unwiderstehlich wieder von ihr angezogen worden sein.

Ich würde so gerne an diesen Zauber glauben können. Vielleicht probiere ich ihn einfach aus?

Quatsch! So ein Blödsinn. Dann müsste ich ja auch erst mal Michi wieder treffen und ihn an dem Parfüm riechen lassen. Aber Michi ist ja gar nicht mehr in der Stadt. Ich muss sofort aufhören, an ihn zu denken. Verdammt, das ist so schwer!!! Außerdem habe ich mir geschworen, wegen Michi keine einzige Träne mehr zu vergießen!!!

Elisa Saalberg hat mir ja auch gesagt, dass die Sache mit dem Liebeszauber natürlich nur erfunden war, um das Parfüm interessanter zu machen. Aber es soll eine total entspannende Wirkung haben, weil bestimmte Essenzen drin sind, die eine gute Stimmung auslösen. Das finde ich interessant, dass bestimmte Gerüche bestimmte Gefühle und Stimmungen auslösen.

»Wie bitte? Was für ein Parfüm willst du mischen?«, fragte Marie irritiert.

»Den *Vergiss-Michi*-Duft«, flüsterte Kim. »Ich will Michi endlich aus dem Kopf bekommen.«

Marie blieb der Mund offen stehen. Sie hatte also doch richtig gehört. »Und du glaubst, das geht mit einem Parfüm?«, fragte sie erstaunt.

Kim grinste verlegen. »Es wäre jedenfalls schön.«

Marie lächelte Kim aufmunternd zu und strich über die glänzende Glasplatte des langen Tisch an dem sie mit den anderen Teilnehmern des Duftseminars saßen. Außer ihnen waren sechs Frauen und ein Mann gekommen. Elisa Saalberg stand am Kopfende des Tischs. Sie trug ein schlichtes hellblaues Leinenkleid, das sehr gut zu ihren blonden Haaren passte. Sie lächelte freundlich in die Runde, sah allerdings sehr blass aus.

»Ich freue mich sehr, dass alle den neuen Termin für das Duftseminar wahrnehmen konnten«, begann Elisa Saalberg. »Nochmals vielen Dank für Ihr Verständnis!« Sie nickte. »Herzlich willkommen also in meinem Parfümladen *Duftglück*! Ich freue mich darauf, mit Ihnen für die nächsten Stunden in die magische Welt der Düfte abzutauchen. Möge es eine inspirierende Reise werden!« Frau Saalberg deutete auf ein silbernes Tablett vor ihr, auf der eine große Anzahl von schmalen Glasphiolen stand. Jede trug ein handbeschriftetes Etikett. »Für den Einstieg habe ich Ihnen eine kleine Auswahl verschiedener Essenzen mitgebracht. Jeweils drei von ihnen repräsentieren eine Duftkategorie.« Elisa Saalberg ging die sechs Reihen durch: »Blumig, fruchtig, frisch, grün, holzig, orientalisch.« Sie lächelte. »Natürlich gibt es noch viele weitere Duftkategorien. Für den Anfang jedoch reichen diese hier aus, um einen Eindruck von der Komplexität eines wohlriechenden Parfüms zu erhalten. Wir wollen Ihre Nasen heute ja nicht überfordern.«

Die Teilnehmer nickten lachend.

»Bevor wir unser Duftglück versuchen, schlage ich vor, dass jeder sich kurz vorstellt. Schön wäre, wenn jeder einen Lieblingsduft nennt. Und damit meine ich nicht unbedingt ein fertig gemischtes Parfüm. Sondern Gerüche aus der Natur: von Pflanzen, Landschaften oder auch Lebensmitteln und Getränken.« Elisa Saalbergs Augen begannen zu leuchten.

»Ich finde, jeder Mensch sollte sein eigenes Parfüm haben. Eines, das genau zu ihm passt, seinen Charakter und die Persönlichkeit unterstreicht, seine Sehnsüchte widerspiegelt. Jeder Mensch ist einzigartig. Und für jeden gibt es das einzigartige Parfüm. Man muss sich nur ein bisschen in die Magie der Essenzen hineinfinden. Dann ist Duft pures Glück!« Frau Saalbergs Worte machten Marie neugierig. Auch Franzi und Kim hatten, ebenso wie die anderen Teilnehmer, gebannt

zugehört. Jetzt brannten alle darauf, endlich loszulegen. Die Vorstellungsrunde war schnell abgeschlossen. Marie war erstaunt darüber, wie viele unterschiedliche Leute hier zusammengekommen waren. Es gab ein Studentenpärchen, sie studierte Betriebswirtschaft, er Germanistik, eine Bankangestellte, eine Rentnerin, zwei Verlagsredakteurinnen und eine Blumenfachverkäuferin. So verschieden die Leute waren, eines einte sie: der Wunsch, mehr über die Welt der Düfte zu erfahren.
Diesen Wunsch erfüllte Elisa Saalberg auf ganzer Linie. Ihre Erklärungen wurden von den Duftproben untermalt, an denen jeder Teilnehmer reihum schnupperte. Die Stunden verflogen geradezu.
Marie fühlte sich fast ein bisschen benommen, nachdem sie an insgesamt achtzehn Essenzen gerochen hatte. Eine der blumigen Kategorien, die Damaszener-Rose, war besonders intensiv gewesen. Marie hatte das Gefühl, den Duft immer noch in der Nase zu haben, obwohl die Phiole längst verschlossen auf dem Tisch stand. Sie schloss die Augen und träumte von dunkelroten Blüten, die in der Sonne leuchteten. Plötzlich drang ein weiterer Geruch an ihre Nase.
»Salami!«, murmelte Marie und öffnete die Augen.
»Volltreffer«, nuschelte Kim. Sie saß neben Marie und kaute mit vollen Backen. »Es gibt einen Snack, willst du nichts?«
Verwirrt wuschelte sich Marie durchs Haar. Kim deutete zum Tresen vor dem Regal. Dort standen drei Platten mit belegten Brötchen und Getränke. Das Studentenpärchen befand sich davor und unterhielt sich angeregt mit Louise Müller, der älteren

Dame, die früher Schneiderin gewesen und jetzt in Rente war. Marie stand auf und schob ihren Stuhl zurück. Dabei streifte sie versehentlich die Lehne des benachbarten Stuhls. Ein schwarzer Lederrucksack fiel zu Boden und ein Geldbeutel rutschte heraus. Er war offensichtlich nicht verschlossen gewesen, denn Kleingeld und ein Personalausweis purzelten heraus. »Mist!«, fluchte Marie leise. Sie sammelte schnell das Kleingeld ein und hob den Ausweis auf. Auf dem Bild war die Rentnerin zu erkennen. Maries Blick fiel auf den Namen darunter: Louise Glück-Bergehoff. Sie stutzte. Hatte sie vorhin bei der Namensvorstellung nicht richtig aufgepasst? Marie schob den Ausweis und das Geld in das Portemonnaie zurück und steckte es wieder in den Rucksack. Sie sah sich nach der rothaarigen Dame um, konnte sie aber nicht entdecken. »Wo ist denn Frau Müller?«, fragte sie Franzi und Kim, die sich gerade Wasser einschenkten.
»Eben stand sie noch hier«, sagte Kim. »Auf der anderen Seite des Tresens. Sie wollte unbedingt an ein Lachsbrötchen rankommen.« Franzi ging um den Tresen herum. Sofort fing sie an zu grinsen. »Warten Sie, ich helfe Ihnen«, hörte Marie sie sagen. Franzi bückte sich und verschwand aus ihrem Sichtfeld. Zwei Sekunden später tauchten die Rentnerin und Franzi wieder auf. Die alte Dame hatte einen hochroten Kopf und war sichtlich peinlich berührt. »Wie konnte mir das passieren!«, sagte sie. Sie legte ein zerfranstes Stück Räucherlachs und eine Gurkenscheibe auf dem Tablett ab. »Es ist mir einfach aus der Hand gerutscht.«

Franzi platzierte mit spitzen Fingern ein halbes angebissenes Brötchen daneben. Sie lächelte die Dame an. »Kann doch jedem passieren.«

»Vielen Dank für deine Hilfe, mein liebes Kind!«, sagte die Rentnerin und nahm ein paar Papierservietten vom Stapel. »Aber den Rest mache ich schon selbst. Strafe muss sein.« Sie bückte sich wieder und wischte am Tresen und dem Teppichboden herum.

Kim zog Franzi und Marie ein Stück weg. »Kommt«, flüsterte sie. »Ich glaube, wir lassen sie besser allein, es scheint ihr unglaublich peinlich zu sein.«

Marie nickte. Sie überlegte gerade, ihren Freundinnen von der merkwürdigen Entdeckung vorhin zu erzählen, da sprach Elisa Saalberg sie an. »Und, wie gefällt es euch?«

»Es ist alles total interessant!«, antwortete Franzi.

»Absolut!«, sagte Kim. »Ich freue mich schon auf den zweiten Teil. Ich finde es eine Superidee, dass jeder Teilnehmer sich sein eigenes Parfüm mischen darf.«

»Darauf bin ich auch schon gespannt«, sagte Marie. Elisa Saalberg nickte lächelnd.

Zwei Stunden später standen die drei !!! alleine mit der Parfümeurin in ihrem Laden. Die anderen Seminarteilnehmer hatten sich bereits zufrieden verabschiedet. Marie drehte den kleinen blauen Flakon mit ihrem neuen Duft in der Hand.

»Das war absolute Spitze!«, sagte sie. »Vielen Dank für dieses tolle Seminar.«

Die junge Frau lächelte verkrampft. »Das ist mein Beruf! Und den mache ich sehr gerne.« Sie fuhr sich durchs Haar. Kim nickte. »Das merkt man.« Sie tauschte einen Blick mit ihren Freundinnen. »Ist alles in Ordnung?«

Die Ladenbesitzerin knetete ihre Hände. Sie sah die drei !!! ernst an. »Um ehrlich zu sein, nein.« Sie biss sich auf die Lippe.

»Was ist los?«, fragte Kim.

»In den letzten beiden Nächten habe ich wieder dieses unangenehme Geräusch gehört. Es ist zum Verrücktwerden. Scheinbar höre nur ich dieses Pfeifen. Amélie und Sebastian bemerken nichts!« Elisa Saalberg zog einen der verchromten Stühle zu sich heran und ließ sich darauffallen. »Es ist ein undefinierbarer, sehr hoher Ton. Er bereitet mir geradezu körperliche Schmerzen. Ich kann nicht sagen, wo er herkommt. Er scheint überall zu sein. Und dann war da noch dieses geisterhafte Leuchten …« Die junge Frau verstummte und stützte den Kopf auf ihre Hände. »Wenn das so weitergeht, drehe ich noch durch!«

Kim nahm sich ebenfalls einen Stuhl und setzte sich neben Elisa Saalberg. »Hören Sie das Pfeifen auch jetzt?«

Die Parfümeurin schüttelte den Kopf. »Immer nur nachts. Etwa gegen 23:00 Uhr fängt es an und geht dann drei, vier Stunden lang.«

»Und was ist das für ein Leuchten?«, fragte Franzi. »Wo haben Sie es gesehen? Und wie oft?«

»Bisher dreimal. Es kam von der Treppe her. Die Tür zu dem Zimmer, in dem ich schlafe, hat ein kleines Fenster mit

Milchglas. Dadurch habe ich ein schwaches Glimmen wahrgenommen. Es verschwand aber immer, sobald ich aufgestanden bin und die Tür geöffnet habe.« Elisa Saalberg seufzte. »Ich weiß wirklich nicht, was ich machen soll. Ich bin schon so angespannt, dass ich beim kleinsten Geräusch zusammenzucke. Gestern Nacht habe ich den Schreck meines Lebens bekommen, als ich ein Licht im Bad sah. Dabei waren das nur Amélie und Sebastian, die mit der Taschenlampe nach seiner Kontaktlinse gesucht haben. Die beiden haben sich so erschreckt, als ich plötzlich dastand, dass sie losgeschrien haben. Und ich dann auch.« Die Parfümeurin lächelte schief. »Ich mache noch alle anderen verrückt.«

Das Klingeln des Telefons unterbrach Frau Saalberg. Sie entschuldigte sich bei den Mädchen, lief zum Tresen und nahm ab.

»Amélie, hallo!«, sagte sie in den Hörer. »Ja, alles klar, bis später dann, kein Problem. Grüß deine Mutter von mir.« Elisa Saalberg starrte auf einen Punkt auf halber Höhe des Tresens. Sie legte auf und bückte sich. »Das ist merkwürdig.« Man konnte hören, dass Frau Saalberg hektisch in der Ablage unter dem Tresen herumtastete. Sie tauchte wieder auf. Auf ihrem Gesicht zeichneten sich rote Stressflecken ab. Sie sah sich um. »Ich fasse es nicht! Er ist weg!«

Mehr als verdächtig …

Kim sprang auf und lief zu Frau Saalberg. »Wer ist weg?«
»Der Karteikasten!«, sagte die blonde Frau. »Mit den Parfümrezepten meines Onkels. Er stand hier in der Ablage, neben dem Ordner mit den Rechnungen.«
»Sind Sie sicher?«, fragte Franzi. Sie und Marie kamen ebenfalls zum Tresen.
Frau Saalberg sah Franzi mit Tränen in den Augen an. »Ja!«, flüsterte sie mit zittriger Stimme. »Das ist jetzt wirklich eine Katastrophe. Ich wollte doch nach und nach die alten Parfüms meines Onkels wieder herstellen!«
»Wann haben Sie den Kasten zum letzten Mal gesehen?«, wollte Marie wissen. Sie beugte sich herunter und betrachtete die Ablagefläche. Ein Aktenordner und eine kleine Registrierkasse mit Geldlade standen jeweils am äußeren Ende. Der Platz dazwischen war leer. Bei genauerem Hinsehen konnte man leichte Wischspuren erkennen. Das mussten die Reste der Säuberungsaktion der Seniorin sein.
Frau Saalberg machte eine fahrige Geste mit ihrer Hand.

»Ich weiß nicht mehr genau. Oder doch: gestern. Ja, gestern am frühen Abend. Da habe ich ihn zusammen mit der Kasse vom Tresen genommen und nach hinten in die Ablage gestellt. Damit die Sachen bei dem Seminar nicht so offen herumstehen. Außerdem brauchte ich Platz für den Mittagssnack.«

Kim runzelte die Stirn. »Das war aber ziemlich unvorsichtig«, sagte sie zögerlich.

Die Ladenbesitzerin seufzte. »Ich dachte, es reicht, wenn ich das Kästchen nach hinten stelle. Außerdem steht es hier, seit wir den Laden eröffnet haben. Es gehört hierher.«

Kim seufzte. »Aber jetzt sind die Parfümrezepte weg.«

»Frau Müller!«, kam es von Franzi wie aus der Pistole geschossen. »Sie ist die Einzige gewesen, die sich längere Zeit hinter dem Tresen befunden hat. Die Nummer mit dem heruntergefallenen Brötchen war garantiert eine Täuschungsaktion!« Franzi atmete scharf aus. »Dabei hatte sie es auf den Karteikasten abgesehen.«

»Aber woher sollte sie gewusst haben, dass er hinten in der Ablage steht?«, fragte Elisa Saalberg.

Kim zuckte mit den Schultern. »Vielleicht hat sie den Kasten zufällig entdeckt. Oder sie hat Sie schon eine Weile beobachtet und …«

»Die Dame heißt übrigens nicht Müller«, murmelte Marie dazwischen.

Die Parfümeurin, Kim und Franzi sahen Marie verständnislos an.

»Ich habe ihren Ausweis gesehen«, erklärte Marie. »Darin

stand der Name: Louise Glück-Bergehoff.« Marie zuckte mit den Schultern. »Sie hat sich unter falschem Namen vorgestellt.«

Einige Sekunden herrschte Schweigen. Dann murmelte Kim: »Glück-Bergehoff. Der Name kommt mir aber irgendwie bekannt vor.«

Sie zog ihr Smartphone aus der Tasche und begann zu tippen.

»Bingo«, rief Kim bereits nach wenigen Sekunden. »Ich wusste, dass ich den Namen schon mal irgendwo gelesen habe: *Drogerie Glück-Bergehoff*, hier bei uns im Einkaufszentrum. Ich habe letzte Woche eine Werbeanzeige in der Zeitung gelesen. Es ist ein recht kleiner Laden, den es wohl schon ziemlich lange gibt.«

»Das ist ja mal ein Zufall«, rief Franzi. »Eine Drogerie! Dort werden doch auch Parfüms verkauft!«

Elisa Saalberg sah die Mädchen ungläubig an. »Ihr glaubt, dass diese nette alte Dame Onkel Hectors Rezepte gestohlen hat? Sie war so charmant. Und so begeistert von meinem Laden. Sie hat alles ganz eifrig mit dem Handy fotografiert.« Kim schnaubte. »Vielleicht, um zu sehen, was sie noch alles stehlen kann! Warum hat die Frau sich im Seminar unter einem falschen Namen vorgestellt? Glauben Sie uns: Frau Müller, äh, Glück-Bergehoff ist mehr als verdächtig!«

»Mädels«, sagte Franzi bestimmt, »ich bin dafür, dass wir sofort zu dieser Dame fahren und die Sache aufklären.« Kim und Marie nickten knapp. Sie begannen, ihre Taschen und Jacken zusammenzusuchen.

Elisa Saalberg blinzelte verunsichert. »Ihr könnt doch nicht einfach zu jemandem gehen und ihn des Diebstahls bezichtigen!«

Kim schüttelte den Kopf. »Das werden wir auch nicht sofort machen. Wir stellen nur Nachforschungen an.« Sie warf sich ihren Matchbeutel schwungvoll über die Schulter. »Die Rezepte könnten natürlich auch bereits in der Nacht entwendet worden sein. Allerdings hat sich Frau Glück-Bergehoff durch die Angabe eines falschen Namens sehr verdächtig gemacht. Wir sollten keine Zeit verlieren und dieser heißen Spur sofort nachgehen!«

»Richtig!«, pflichtete Franzi Kim bei. »Sie können uns absolut vertrauen, Frau Saalberg. Wir sind erfahrene Detektivinnen. Wir wissen, was wir tun.«

Die Ladenbesitzerin sah sie ernst an. »Gut, ich vertraue euch. Ich möchte die Rezepte meines Onkels unbedingt wiederhaben!«

Kim nickte zufrieden. »Können Sie uns dann noch eine Beschreibung des Kästchens geben? Wie groß ist es und aus welchem Material besteht es?«

»Es ist ungefähr so groß.« Elisa Saalberg zeigte mit ihren Händen die Maße eines Schuhkartons an. »Es ist aus hellem Holz gefertigt und hat einen silbernen Griff und ein Schnappschloss.«

»Prima! Dann wissen wir Bescheid«, sagte Kim, die schon in der Tür stand. »Wir werden alles dafür tun, dass Sie die Rezepte Ihres Onkels wiederbekommen.«

Die Parfümeurin lächelte matt. »Danke.«

Die drei !!! liefen zu ihren Fahrrädern. Marie sah auf ihrem Handy nach der Uhrzeit. »Wir haben nicht viel Zeit.«
»Warum?«, fragte Franzi und schloss ihr Rad auf. »Das Einkaufszentrum hat am Samstag bis 21:00 Uhr geöffnet.«
»Stimmt«, antwortete Marie. »Aber ich bin in anderthalb Stunden mit Holger verabredet! Seine Familie ist endlich wieder gesund und er hat Zeit! Wir sind in der Pizzeria verabredet.«
Franzi stieg aufs Rad und grinste. »Wie schön! Das schaffst du locker, denke ich!« Sie fuhr los. »Es sei denn«, rief sie über die Schulter zurück, »du musst vorher noch dein komplettes Beautyprogramm mit Duschen, Haarewaschen, Stylen und Klamotten-Anprobieren durchziehen. Dann wird es knapp.«
Marie holte Franzi schnell ein. »Du bist gemein!«, rief sie. »Du machst dich doch bestimmt auch schick, wenn du dich mit Blake triffst!«
Franzi warf Marie einen spöttischen Blick zu. »Ich treffe mich mit Blake zum Skaten oder Schwimmen. Da muss ich mich nicht groß stylen.«
Marie gab es auf. Sie war nach wie vor davon überzeugt, dass zwischen Blake und Franzi mehr war als reine Freundschaft. Es konnte nur eine Frage der Zeit sein, bis die beiden endlich selbst darauf kamen.
Nach einer zehnminütigen Fahrt erreichten die drei Detektivinnen das Einkaufszentrum. Es war, wie jeden Samstagnachmittag, gut besucht und dichte Massen drängten sich auf den Laufflächen und in den Shops.

»Die Drogerie liegt im zweiten Stock«, sagte Kim und übernahm die Führung. »Hoffentlich ist Frau Glück-Bergdings überhaupt da.« Sie drängte sich zur Rolltreppe vor.
»Na ja, irgendjemand muss ja in jedem Fall im Laden sein«, sagte Franzi und nahm zwei Stufen auf einmal. »Der wird uns dann hoffentlich sagen können, wo die Dame steckt.«
Marie sah nachdenklich vor sich hin. »Ich bin mir, ehrlich gesagt, doch nicht so sicher, dass sie es war.«
»Was?«, rief Franzi über die Schulter zurück. »Warum nicht?«
Marie lief langsam die Treppen weiter. »Ich habe vorhin auf dem Ablagebrett unter dem Tresen klebrige Wischspuren gefunden. Sie müssen von der Meerrettichsoße stammen, die auf dem heruntergefallenen Brötchen war.«
»Ja, eben!«, sagte Franzi irritiert. Sie sprang über die Schwelle am Ende der Rolltreppe und blieb seitlich davon stehen.
»Genau das ist es doch: Die Täterin hat absichtlich das Brötchen fallen lassen, sich gebückt und dann den Karteikasten verschwinden lassen.«
Kim trat neben Franzi. »Ich glaube, ich weiß, was Marie meint.« Sie wuschelte sich durch das kurze Haar. »Offensichtlich ist die Soße direkt auf die Ablagefläche getropft. Das wäre nicht passiert, wenn der Karteikasten dort gestanden hätte. Wir können also annehmen, dass er bereits vor dem Seminar von dort verschwunden ist.«
Marie nickte. »Genau.«
»So ein Quatsch!«, sagte Franzi und verschränkte die Arme

vor der Brust. »Die Soße kann doch auf den Kasten getropft und dann heruntergelaufen sein.«

Kim biss sich auf die Lippe. »Klar, das könnte sein. Allerdings frage ich mich, wie Frau Glück-Bergehoff den Kasten abtransportiert hat. Sie hatte nur einen kleinen Rucksack dabei.«

»Trotzdem stimmt etwas nicht mit ihr«, beharrte Franzi. »Warum sonst hat sie einen falschen Namen in dem Seminar angegeben?«

Kim zuckte mit den Schultern. »Okay. Lasst uns das jetzt durchziehen.« Sie deutete mit der Hand quer durch die Halle. »Dahinten ist die Drogerie, neben *Pietro's Haircut.*« Marie und Franzi nickten. Den Friseurladen kannten die drei !!! von einem früheren Fall her. Franzi grinste. »Weißt du noch, Kim?«

»Das verdeckte Verhör beim Friseur«, sagte Kim sofort und grinste jetzt auch. »Du hast dir die Haarspitzen grün färben lassen und ich habe mir Feder-Extensions machen lassen. Alles nur, um unauffällig mit einem Verdächtigen ins Gespräch zu kommen. Eigentlich ganz schon verrückt.«

»Die Frisuren haben euch aber ausgezeichnet gestanden«, bemerkte Marie. »Das solltet ihr mal wiederholen.«

Franzi schüttelte den Kopf. »Bloß nicht! Blake sagt immer, dass ihm meine Haare, äh ...« Der Rest des Satzes ging in einem Hustenanfall unter. Franzi lief rot an. Sie räusperte sich und beschleunigte ihren Schritt.

»Was ist denn?«, rief Marie ihr hinterher. »Ist doch toll, wenn Blake deine Haare schön findet!«

Kim boxte Marie gegen den Oberarm. »Komm, lass sie doch endlich damit in Ruhe.«

Marie zuckte mit den Schultern. »Tut mir leid, ich kann einfach nicht anders …«

Franzi wartete ungeduldig vor der Glasfront, die die Drogerie von der Lauffläche trennte. Die Auslage war mit einer gerafften, schimmernden Tüllgardine und großen goldenen Schleifen dekoriert. Zwei Spots beleuchteten die Körperpflegeprodukte und Parfüms, die ebenfalls mit goldenen Schleifen verziert waren.

Der Name des Ladens, *Drogerie Glück-Bergehoff,* war mit verschnörkelten Buchstaben in das Schaufenster eingraviert.

»Ganz schön romantisch«, stellte Franzi fest. »Aber für meinen Geschmack ist das ein bisschen viel Gold.«

»Die Geschmäcker sind eben verschieden«, stellte Kim fest. »Ich finde es hübsch.« Sie lief zu der automatischen Schiebetür. Lautlos glitt sie auf. Ein Pärchen verließ gerade den Laden. Die Frau verdrehte die Augen und sagte: »Eine Zumutung. Einfach die Kundschaft nicht beachten. Hier war ich das letzte Mal!«

Ihr Begleiter nickte zustimmend.

Marie zog verwundert die Augenbrauen hoch. »Was ist da los?«

Die Mädchen beeilten sich, in den Laden zu kommen. Das kleine, aber gemütlich ausgestattete Geschäft schien menschenleer zu sein. Plötzlich jedoch ertönte eine wütende Frauenstimme vom hinteren Ladenbereich, der mit einem weißen

Samtvorhang abgetrennt war. »Mama, ein letztes Mal: Bitte misch dich nicht ein!«

Eine andere Frau antwortete: »Kind! Ich wollte doch nur …«

»Ich brauche das nicht!«, unterbrach die erste Stimme schnell. »Mein Konzept sieht keine selbst hergestellten Parfüms vor. Das habe ich dir schon tausendmal gesagt. Und jetzt muss ich wieder in den Laden.« Die drei !!! sahen sich an. »Das klingt ja interessant«, stellte Kim fest. »Die eine Stimme kennen wir doch!« Im selben Moment wurde der Vorhang mit einem Ruck zur Seite gezogen und eine vielleicht vierzigjährige Frau mit braunen halblangen Haaren, die sie mit einem bunten Tuch zurückgebunden hatte, erschien. Als sie die drei !!! sah, zuckte sie kurz zusammen.

»Sieh sie dir doch wenigstens einmal an«, rief die Stimme aus dem hinteren Bereich.

»Jetzt wirklich nicht. Ich habe Kundschaft!«, rief die Frau zurück.

Sie zupfte an ihrem Haartuch. »Entschuldigt bitte, ich, äh, hatte eine Besprechung. Warum habt ihr denn nicht gerufen? Ich wäre doch sofort für euch da gewesen.«

Obwohl Marie in Alarmbereitschaft war, gelang ihr ein nettes Lächeln. »Wir sind gerade erst gekommen, kein Problem.« Sie tauschte einen Blick mit Franzi und Kim. »Wir suchen Frau Glück-Bergehoff, wir möchten sie etwas fragen.«

»Das bin ich«, sagte die Frau und sah die drei !!! erstaunt an. »Ich bin Lina Glück-Bergehoff. Was wollt ihr mich denn fragen?«

Kim schüttelte den Kopf. »Nein, wir meinten nicht Sie. Wir möchten mit Frau Louise Glück-Bergehoff sprechen.« Kim zögerte kurz. »Ich nehme an, das ist Ihre Mutter.«
Franzi tippte Kim unauffällig an und wies zum Vorhang. Er bewegte sich leicht und die Spitzen eines Paars roter Lackschuhe lugten am unteren Rand hervor. Marie verdrehte die Augen. Die Seniorin versteckte sich vor ihnen. Das war doch lächerlich!
Franzi schien das Gleiche zu denken. Mit schnellen Schritten lief sie zum Vorhang und zog ihn auf. »Hallo, Frau Müller. Ich meine, Frau Glück-Bergehoff.«
Die Seniorin starrte Franzi ungläubig an. Ihre Wangen waren beinahe so rot wie ihr gefärbtes Haar. »Woher wisst ihr meinen Namen?«, stammelte sie. Schweißperlen glitzerten auf ihrer Stirn.
»Ich habe zufällig Ihren Ausweis gesehen«, sagte Marie knapp.
»Wie bitte …«, setzte die alte Dame an, aber Franzi unterbrach sie einfach. »Entschuldigen Sie bitte, aber dürfen wir mal hier hineinsehen?« Sie wartete die Antwort nicht ab und betrat die kleine Teeküche, die sich hinter dem Vorhang verbarg.
»Hallo!«, rief die braunhaarige Frau aufgebracht. »Was erlaubst du dir, das ist ein privater Raum.«
»Sie haben eben Ihrer Tochter gesagt, sie soll ›sie‹ sich wenigstens ›ansehen‹.« Franzi funkelte die Seniorin wütend an. »Sie haben wertvolle Rezepte aus dem Laden von Frau Saalberg entwendet und Ihrer Tochter gebracht!« Franzi sah sich

hektisch um. »Wo ist der Karteikasten? Sie haben ihn gestohlen!«
Die beiden Frauen starrten Franzi mit offenen Mündern an. Nach einigen Sekunden räusperte sich die jüngere. »Mama! Was hast du gemacht?«
Die ältere Dame schüttelte hektisch den Kopf. »Ich habe keine Ahnung, wovon das Mädchen spricht. Ich wollte doch nur, dass du dir die Fotos ansiehst, die ich von diesem entzückenden neuen Laden gemacht habe.« Sie sah Franzi hilflos an. »Was sollen das für Rezepte sein? Jeder weiß, dass ich nichts mit Kochen am Hut habe! Und was ist das für ein Karteikasten?«
Marie sah sich in der kleinen Küche um. Es gab eine Spüle, zwei Herdplatten und einen kleinen Hängeschrank. Ein Smartphone lag auf einem schmalen Tisch. Einen Karteikasten konnte sie nicht entdecken.
Kim hob beschwichtigend die Hände. »Ich glaube, wir sollten uns jetzt erst mal hinsetzen und dann in aller Ruhe miteinander reden.« Sie sah sich um und entdeckte zwei Sessel und einen Bistro-Tisch in einer Ecke des Ladens. »Wenn wir uns drei Stühle aus der Küche holen, können wir vielleicht in die Sitzecke dort drüben gehen, was meinen Sie?«
Mutter und Tochter nickten mechanisch. »Ich schließe den Laden noch schnell zu«, murmelte Lina Glück-Bergehoff.

Zombies

Einen Augenblick lang befürchtete Marie, dass die Frau einfach flüchten könnte. Aber Lina Glück-Bergehoff kehrte sofort zu ihnen in die Sitzecke zurück, nachdem sie abgeschlossen und ein Schild in die Tür gehängt hatte. Ihre Mutter ließ sich in einen der Polstersessel fallen. Sie richtete sich die Haare mit einer fahrigen Bewegung. »Wenn ich das gewusst hätte«, sagte sie leise. »Das war so eine dumme Idee!«

Die Mädchen nahmen auf den Klappstühlen Platz.

»Mama! Was hast du angestellt?«, fragte die Tochter und sah ihre Mutter eindringlich an.

Die alte Dame zuckte mit den Schultern. »Ich habe keinen Kasten gestohlen! Bitte glaubt mir das! Ich wollte nur ein bisschen ausspionieren, was die Frau mit ihrem neuen Duftladen so macht. Die Konkurrenz schläft bekanntlich nicht. Und ich habe das Gefühl, dass meine Tochter einfach nicht genügend für den Laden tut. Da wollte ich mit ein bisschen Inspiration nachhelfen.«

»Mama!«, rief Lina Glück-Bergehoff empört. »Du bist unmöglich! Ich habe das Geschäft von dir übernommen und führe es so, wie ich es für richtig halte. Du bist in Rente. Du hast nichts mehr damit zu tun!«

Marie zog den Kopf ein. Da spielte sich ja gerade eine ganz schöne Familientragödie ab.

»Aber warum haben Sie sich denn unter einem falschem Namen bei dem Seminar angemeldet?«, fragte Franzi in die Pause hinein.

Die alte Dame seufzte. »Der Name Glück-Bergehoff ist ja doch für viele noch ein Begriff und ich wollte nicht, also, äh, dass der Eindruck entsteht, wir müssten uns bei anderen mit Ideen bedienen.«

»Aber genau das hast du doch getan!«, stieß ihre Tochter spitz hervor. »Und was ist mit diesen Parfümrezepten?«, fuhr sie fort. »Hast du die nun geklaut, oder was?«

Die Seniorin hob empört die Hände. »Um Gottes willen, was glaubst du denn? Natürlich nicht!«

»Aber Sie haben Ihrer Tochter vorgeschlagen, eigene Parfüms herzustellen«, warf Kim ein.

Frau Glück-Bergehoff nickte. »Das stimmt. Ich finde das eine sehr schöne Sache. Und diese Elisa Saalberg wird bestimmt ganz groß herauskommen.« Sie sah ihre Tochter verächtlich an. »Während in diesen Laden hier immer weniger Kunden kommen werden.«

Lina Glück-Bergehoff lachte auf. »Vielen Dank, Mama, für dein Vertrauen«, zischte sie.

Ihre Mutter ging nicht darauf ein. Sie wandte sich an Marie:

»Das mit dem falschen Namen war nicht schön von mir. Das gebe ich zu. Aber ich habe nichts gestohlen.«
Die drei !!! sahen sich zögernd an. »Gut«, sagte Kim schließlich. »Ich glaube, es bleibt uns für den Moment nichts anderes übrig, als Ihnen zu glauben.«
Franzi und Marie nickten.
»Dann verabschieden wir uns jetzt am besten«, sagte Kim.

»So ein Mist!«, rief Franzi, als sie wieder im Foyer des Einkaufszentrums standen. »Das war ja wohl nichts.«
»Ich glaube, sie hat den Kasten nicht genommen«, meinte Marie. »Sie hat doch gedacht, dass du Kochrezepte meinst, Franzi.«
Kim steuerte auf den Ausgang zu. »Sie könnte eine hervorragende Schauspielerin sein.« Kim ließ eine Frau vor, die mit Einkaufstaschen und Tüten beladen hektisch zur Tür strebte. »Womöglich haben uns beide etwas vorgespielt! Aber da der Karteikasten nicht zu sehen war, dachte ich, es ist klüger, wenn wir uns erst mal zurückziehen.«
»Das war sicherlich das Beste«, antwortete Marie.
Sie blieben vor dem Einkaufszentrum stehen. »Und was machen wir jetzt?«, fragte Franzi.
Kim stemmte die Arme in die Hüften. »Wir müssen die beiden Damen weiterhin beobachten. Wenn in der nächsten Zeit bei der Drogerie Glück-Bergehoff selbst gemachte Parfüms angeboten werden, werden wir ihnen kräftig auf den Zahn fühlen.«
Marie nickte. »Klingt gut. Und in der Zwischenzeit müssen

wir uns die anderen Teilnehmer vom Seminar vornehmen.«
Kim schloss ihr Fahrrad auf. »Ich schlage vor, wir fahren kurz bei *Duftglück* vorbei und lassen uns von Frau Saalberg die Liste mit den Namen geben.«
Marie machte ein bedauerndes Gesicht. Sie zog ihr Handy hervor, um die Uhrzeit nachzusehen. »Ich fürchte, ich habe keine Zeit mehr. Ich bin doch mit Holger ...« Sie brach mitten im Satz ab, weil sie eine neue Nachricht von ihrem Freund entdeckt hatte. Sie war schon vor zwei Stunden losgeschickt worden. Marie öffnete die Kurznachricht.
Liebe Marie, sorry. Jetzt bin ich krank. 40 Grad Fieber, Husten und Schnupfen ohne Ende. Ich schaffe das heute nicht. Melde mich wieder, sobald ich fit bin. LG, Holger

»Das darf doch nicht wahr sein!«, rief Marie. »Jetzt hat Holger die Grippe!«
Kim und Franzi sahen ihre Freundin bedauernd an. »Oh nein, so ein Mist!«, sagte Franzi.
»Allerdings«, murmelte Marie und begann eine Antwort zu tippen.
»Grüß Holger von uns und gute Besserung!«, sagte Kim.
»Mach ich.« Marie tippte schnell weiter und schickte die Nachricht ab. »Mein armer Schatz!« Sie seufzte. »Also gut. Jetzt habe ich doch noch Zeit. Fahren wir bei Frau Saalberg vorbei und holen die Liste?«
Als die drei Detektivinnen beim Parfümladen ankamen, spiegelte sich die Abendsonne im Schaufenster und ließ die

silbernen Buchstaben des Schriftzugs *Duftglück* edel glänzen. Marie seufzte. »Mir tut Elisa Saalberg richtig leid. Sie hat den Laden superschön eingerichtet und alles könnte toll laufen. Und dann passieren diese merkwürdigen Sachen und rauben ihr den letzten Nerv.«

Ein elegant gekleidetes Paar verließ gerade die Galerie neben der Parfümerie. Benjamin Haarer verabschiedete sich mit Handschlag von dem dicklichen Mann und der schlanken Blondine. Der Galerist schien gerade ein gutes Geschäft gemacht zu haben, denn er winkte den drei !!! fröhlich zu und rieb sich die Hände. Das Paar nickte knapp und lief zu einem bereitstehenden Taxi auf der anderen Straßenseite.

»Der Mann erinnert mich irgendwie an Kommissar Peters«, sagte Kim plötzlich.

Marie lachte laut auf. »Wie kommst du denn darauf? Der hat doch keinen Bart und so einen dicken Bauch schon mal gar nicht.«

Kim grinste. »Ich weiß. Aber er latscht genauso wie der Kommissar.«

»Da hast du recht. Der Gang ist wirklich der gleiche. Aber der Rest … Peters wäre nicht sehr begeistert von deinem Vergleich.« Marie wich einem einparkenden weißen Van aus. »Hast du eigentlich noch mal versucht, ihn zu erreichen? Wegen der Sache in der Mülldeponie.«

»Ja!« Kim schlug sich vor die Stirn. »Das habe ich ganz vergessen euch zu erzählen. Letzten Donnerstag hat er mich zurückgerufen.« Sie verzog das Gesicht. »Er hat sofort los-

geschimpft, dass wir uns keinesfalls in diese Sache mit dem Falschgeld einmischen sollten. Das wäre viel zu gefährlich.«
Marie seufzte. »Das war ja klar.«
»Wir könnten die Zeitung anrufen und fragen, von wem sie den Hinweis bekommen haben. Das wäre doch ein erster Anhaltspunkt«, sagte Franzi plötzlich.
Kim grinste. »Das habe ich natürlich schon gemacht ...«
»Hallo, die Damen!«, unterbrach Benjamin Haarer sie. Der Galerist war auf den Gehweg getreten und zündete sich eine Zigarre an. Er lächelte die Mädchen an. »Die drei Detektivinnen! Schön, euch zu sehen. Seid ihr immer noch auf der Spur der gefallenen Phiolen?«
»Nein«, antwortete Kim, ohne zu zögern. »Wir nehmen an, dass es doch ein kleines Erdbeben war.« Sie nickte Marie und Franzi unmerklich zu. Es war ein ungeschriebenes Gesetz ihres Clubs, dass bei laufenden Ermittlungen Außenstehenden nichts verraten wurde.
Marie fügte hinzu: »Wir wollen uns nur noch mal im schönen Laden umsehen. Ich brauche ein Geschenk für meine Mutter.«
Benjamin Haarer sog an seiner Zigarre und stieß drei kleine Rauchwölkchen aus. »Das freut mich! Elisa hat sich ja wirklich sehr ins Zeug gelegt mit der Parfümerie. Ich hoffe, sie erholt sich schnell vom Stress und ist bald wieder ausgeglichener.«
»Das hoffen wir auch«, antwortete Franzi.
Der Galerist zog einen Schlüssel aus seiner Hosentasche und schloss die Eingangstür zu seinem Laden ab. »Ich mache jetzt noch einen kleinen Spaziergang, schönen Tag noch!«

Die drei !!! verabschiedeten sich und liefen die wenigen Schritte zum Parfümladen hinüber. Während Kim die Tür aufzog, murmelte sie: »Was wollte ich vorhin eigentlich noch erzählen?« Dann blieb sie wie angewurzelt stehen. Marie prallte an ihren Rücken und taumelte zurück, wobei sie Franzi auf den Schuh trat.

»Pass doch auf!«, zischte Franzi und hielt sich den Fuß.

»Mensch, was ist los?«

»Ich weiß nicht«, zischte Marie zurück. Sie sah an Kim vorbei. Dann verstand sie, was ihre Freundin gerade so aus dem Tritt gebracht hatte: Amélie Vernel lag in der Nähe des Wasserfalls bäuchlings vor einer Kommode. Sie hatte die Arme unter das Möbelstück gestreckt und den Kopf zur Seite gedreht. Ein Lichtstrahl beleuchtete gespenstisch ihr verzerrtes Gesicht, das halb von ihren schwarzen Haaren verdeckt wurde.

Kim stieß einen Schrei aus und rannte zu ihr hin. Gleichzeitig stieß eine andere Person einen Schreckensruf aus. Lautes Poltern folgte, dann ein Schmerzensschrei.

Marie riss den Kopf herum. Sie sah einen umgekippten Stuhl an der Seite mit dem Dekor-Wasserfall liegen. Daneben saß Amélies Bruder Sebastian auf dem Boden und hielt sich mit schmerzverzerrtem Gesicht den Fuß. Er starrte die drei !!! an, als seien sie Zombies. Eine Taschenlampe, die er offensichtlich bei seinem Sturz fallen gelassen hatte, rollte zur Mitte des Ladens. Der Lichtstrahl zuckte unruhig über den Teppichboden. Kim kniete sich neben Amélie und wollte sie gerade unter der Kommode hervorziehen, da robbte die junge Frau zurück.

Auch sie starrte Kim an, als würde sie ein Gespenst sehen. In der linken Hand hielt sie eine Taschenlampe, in der rechten eine Papprolle.

»Was macht ihr denn hier?«, fragte Amélie fassungslos. Kim schluckte. »Wir wollten zu Elisa Saalberg.«

»Ich dachte, du hast abgeschlossen!«, zischte Amélie wütend in Richtung ihres Bruders.

Der ließ den Kopf hängen und stammelte: »Das habe ich wohl vergessen.«

Franzi fasste sich als Erste. »Was macht ihr hier?« Sie deutete auf einen Korb, in dem mehrere Papprollen und feuchte Lappen lagen. »Was ist das? Und wo ist Elisa?«

Sebastian rappelte sich auf und setzte seinen Fuß probeweise auf den Boden. Er schien sich nicht ernsthaft verletzt zu haben, denn er konnte zum Stuhl humpeln und ihn aufrichten. Er setzte sich schnaufend.

»Elisa ist vorhin ins Kino gegangen, sie musste sich ablenken. Leute, das ist etwas kompliziert. Ich kann verstehen, wenn das Ganze jetzt etwas seltsam wirkt, aber ich kann alles erklären …«

»Du bist ein echter Idiot!«, rief Amélie dazwischen. Sebastian ließ den Kopf hängen. »Ich suche Egon«, murmelte er.

Marie blieb der Mund offen stehen.

»Egon?«, wiederholte Franzi mit rauer Stimme. »Wer ist Egon?«

Sebastian wuschelte sich durch sein blondes Haar. »Meine *Grammostola rosea.*«

Franzi zog eine Augenbraue hoch. »Ich glaub, ich spinne!«, stieß sie entrüstet hervor. »Willst du uns ver…«
»Genau. Spinne«, unterbrach sie Sebastian. »Meine Vogelspinne. Sie ist vor zwei Wochen aus dem Terrarium in meinem Zimmer verschwunden und seitdem suche ich sie.«
»Suchen *wir* sie«, warf Amélie ein. »Mein Bruderherz baut Mist und ich darf ihm natürlich helfen.« Sie atmete scharf aus. »Elisa darf nichts mitbekommen. Sie hat eine extreme Spinnenphobie. Sie dreht schon durch, wenn sie einen Weberknecht sieht. Ich möchte nicht wissen, wie sie bei einer handtellergroßen Spinne wie Egon reagiert.«
Marie spürte, dass sich eine Gänsehaut auf ihren Armen und ihrem Rücken ausbreitete. Egon wollte sie auch nicht unbedingt begegnen. Sie sah sich vorsichtig um. Krabbelte das Vieh womöglich gerade auf sie zu?
Sebastian schien ihren Blick bemerkt zu haben. »Vogelspinnen sind vollkommen harmlos. Sie beißen nur, wenn man sie richtig ärgert. Aber der Biss ist nicht schlimmer als der Stich einer Biene oder Wespe.«
»Danke, das klingt wirklich sehr beruhigend«, sagte Marie mit ironischem Unterton.
Sebastian lächelte. »Egon ist ein besonders zahmes und gutmütiges Exemplar. Er ist nur ziemlich neugierig. Deshalb muss er ausgebüxt sein, als ich aus Versehen die Futterklappe habe offen stehen lassen.«
Franzi lief zu dem Korb mit den Pappröhren. »Jetzt verstehe ich! Ihr wolltet diese Röhren mit den feuchten Lappen darin

ausbringen, damit Egon sich in eine davon zurückzieht. Vogelspinnen mögen es dunkel und feucht. Deshalb hast du vorhin auch hinter dem Wasserfall nachgesehen.«

»Richtig!«, sagte Sebastian anerkennend. »Du kennst dich gut aus. Ich habe den Tipp mit den Röhren erst heute von einem Freund bekommen. Hast du auch Spinnen?«

»Nein, bloß ein hinkendes Huhn und ein Pony«, antwortete Franzi. »Aber mein Vater ist Tierarzt. Da bekommt man einiges mit.«

Kim zuckte plötzlich zusammen. »Seid ihr in den vergangenen Nächten im Haus herumgegeistert und habt mit Taschenlampen gesucht?«

»Ja«, gab Sebastian zu. »Aber nur viermal.«

»Dann habt ihr die Lichterscheinungen produziert, die Elisa so erschreckt haben!«, rief Franzi. »Und ihr habt die Flakons runtergeworfen!«

Sofort schüttelten Amélie und Sebastian die Köpfe. »Nein«, sagte Sebastian bestimmt. »Das waren wir nicht, ehrlich! Die ersten Tage haben wir nur in meinem Zimmer gesucht, dann im gesamten oberen Stockwerk. Wir sind heute zum ersten Mal hier unten.«

»Was ist mit dem Pfeifen, das Elisa hört? Wart ihr das auch?«, fragte Kim. »Gibt es eine Spinnenruf-Flöte oder so was?« Sebastian lachte. »Nein. So etwas gibt es nicht. Und, ehrlich gesagt, ich glaube, dass Elisa eine Art Ohrensausen hat. Vom vielen Stress oder so. Ich habe jedenfalls noch nie einen merkwürdigen Ton hier gehört.«

»Das stimmt«, pflichtete Amélie ihrem Bruder bei. »Elisa ist gerade völlig überspannt.« Sie seufzte. »Deshalb habe ich ja auch so eine Angst davor, dass sie das mit Egon mitbekommt. Dann rastet sie bestimmt völlig aus. Ich hätte nie zustimmen dürfen, dass Sebastian ihn heimlich in seinem Zimmer hält.«

»Aber hat Elisa denn nicht mitbekommen, dass Sebastian ein Terrarium in sein Zimmer stellt? Wollte sie nicht wissen, was da drin ist?«

Sebastian grinste schief. »In Egons Käfig sind viele Pflanzen. Ich habe Elisa erzählt, dass ich Farne züchte.«

Amélie verdrehte die Augen. »Mein schlauer Bruder!« Franzi machte ein nachdenkliches Gesicht. »Kann ich das Terrarium mal sehen?«, fragte sie schließlich.

Detektivtagebuch von Kim Jülich
Sonntag, 8:30 Uhr

Es ist unfassbar, mit was für Sachen man sich als Detektivin beschäftigt. Gestern haben wir doch glatt eine Vogelspinne im Parfümladen gesucht – und gefunden! Der Besitzer hatte schon tagelang im ganzen Haus gesucht, aber sie nirgends entdecken können. Franzi hatte dann einen Verdacht und war so schlau, sich das Terrarium ganz genau anzusehen, aus dem die Spinne Egon angeblich entwischt war. Tatsache!!! Egon hatte sich unter einem großen Rindenstück eingegraben, weil er nämlich um diese Zeit Winterschlaf macht!! Etwas seltsam, so mitten im Juni. Aber diese Sorte von Spinnen stammt aus Chile und da ist gerade Winter. Wahnsinn, was Franzi alles über Tiere weiß. Sie hat Sebastian, dem Besitzer, angeboten, dass er sich ein paar Bücher bei ihrem Vater aus der Tierarztpraxis ausleihen kann. Er muss wohl noch einiges über Vogelspinnenhaltung lernen. Übrigens sah der schlafende Egon gar nicht gruselig aus. Eher wie ein sehr kleines Plüschtier. Er hat nämlich überall braune Haare, fast wie ein Fell. (Haben muss ich so was trotzdem nicht ;-).) Hoffentlich kann Sebastian mit seinem Egon bald ins Studentenwohnheim ziehen. Ich will mir nämlich nicht vorstellen, wie Elisa Saalberg reagiert, wenn sie die Spinne mal zu Gesicht bekommen sollte (sie hat eine ausgeprägte Spinnenphobie!!!). Allerdings dürfte die Gefahr sehr gering sein. Franzi meint, dass Egon mindestens die nächsten acht Wochen in seinem Versteck schlafen wird. Bis dahin wird Sebastian ja wohl ein Zimmer gefunden haben.

Ich bin froh, dass wir wenigstens diesen Fall so schnell gelöst haben (danke, Franzi!). Ansonsten sieht es nicht so gut aus. In Sachen Mülldeponie rückt der Kommissar einfach nicht mit der Sprache raus. Von der Zeitungsredaktion, die den Artikel veröffentlicht hat, bekomme ich auch keine Informationen. Sie haben einen Anruf mit unterdrückter Rufnummer erhalten. Der Anrufer hat keinen Namen genannt. Da weiß ich jetzt auch nicht mehr weiter. Der Fall muss wohl auf Eis gelegt werden. Somit konzentrieren wir uns jetzt voll auf den Diebstahl, der gestern im Parfümladen stattgefunden hat. Ein Karteikasten mit wertvollen alten Rezepten zur Herstellung von Parfüms ist verschwunden. Wir haben schon eine Verdächtige, Louise Glück-Bergehoff, die Gründerin der gleichnamigen Drogerie im Einkaufszentrum, verhört. Allerdings hat sie geschworen, das Kästchen nicht gestohlen zu haben. Wir werden die Drogerie natürlich im Auge behalten und verfolgen, ob es da demnächst selbst hergestellte Parfüms nach alten Rezepten gibt ... Und dann: Wehe Ihnen, Frau Glück-Bergehoff!!! Weitere Verdächtige sind alle Personen, die im vermuteten Zeitraum der Tat (Freitagabend bis Samstagnachmittag) Zugang zum Laden hatten, also:

— sämtliche Teilnehmer des Duftseminars am Samstag (außer uns natürlich). Eine Teilnehmerliste mit Namen und Telefonnummern konnte uns Amélie Vernel gestern noch aushändigen. (Mir fällt gerade auf, dass sich das

Studentenpärchen beim Mittagssnack ziemlich lange in der Nähe des Tresens aufgehalten hat. Und dort hat das Kästchen gestanden! Vielleicht haben sie sich nicht nur am Büfett bedient. Wir müssen die beiden unbedingt als Nächstes überprüfen!)

— Amélie Vernel
— Sebastian Vernel
— evtl. Reinigungspersonal?

Franzi, Marie und ich treffen uns gleich morgen nach der Schule im Café Lomo, um abzusprechen, wie wir weiter vorgehen. Lieber hätte ich das Clubtreffen schon heute Nachmittag gemacht, aber ich muss jetzt unbedingt den Beitrag für den Blog vom JUZ schreiben. Moni wartet darauf. Leider bin ich bislang nicht dazu gekommen, Elisa Saalberg und ihre Freundin zu interviewen. Zum Glück habe ich schon eine andere Idee: Ich schreibe etwas über die Kuckucksuhren-Werkstatt von meinem Papa. Da kenne ich mich schließlich schon aus.

Duft aus der Vergangenheit

Marie wurde vom Klingeln ihres Handys mitten aus dem Tiefschlaf gerissen. Verwirrt sah sie auf den Wecker auf ihrem Nachttisch. Es war kurz vor zehn. An einem Sonntag! Das war quasi mitten in der Nacht. Dennoch nahm sie den Anruf sofort an. Es war nämlich Kim. Und die rief um diese Zeit garantiert nur an, wenn es etwas wirklich Dringendes gab.

»Du wirst es nicht glauben!«, drang Kims aufgeregte Stimme an Maries Ohr. »Der Kasten mit den Rezepten ist wieder da! Elisa Saalberg hat vor zehn Minuten bei mir angerufen. Sie ist völlig verstört.«

Marie rieb sich mit der freien Hand über die Augen und blinzelte. Sie musste erst einige Sekunden nachdenken, um zu verstehen, was Kim da eben gesagt hatte. Dann fiel der Groschen. Natürlich! Der gestohlene Karteikasten aus dem Parfümladen. Marie räusperte sich. »Wer hatte ihn?«, fragte sie.

»Das weiß ich doch nicht«, antwortete Kim. »Frau Saalberg hat mir nur erzählt, dass sie gestern Abend gegen 21:00 Uhr vom Kino nach Hause gekommen ist. Sie ist durch den Laden gelaufen und hat die Registrierkasse wieder auf den Tresen gestellt. Dann ist sie bald schlafen gegangen. Heute Morgen, als sie kurz runtergegangen ist, stand der Karteikasten neben der Kasse!«

Marie schluckte. »Gespenstisch.«

»Was auch immer es ist«, rief Kim. »Wir müssen, so schnell es geht, in den Parfümladen und nachsehen, ob es irgendwelche Spuren gibt! Hast du Zeit?«

Marie seufzte. Eigentlich war der Sonntagvormittag ihrem Beautyprogramm vorbehalten. Seit sie mit ihrer Familie in die Villa gezogen war, hatte Marie direkt neben ihrem Zimmer ein toll ausgestattetes Bad, das sie ganz alleine benutzen durfte. Sie hatte den Raum mit viel Liebe zum Detail in eine Wellness-Oase verwandelt, und besonders sonntags liebte sie es, dort stundenlang im Schaumbad zu liegen und zu lesen oder eine ewig dauernde Dusche im Regenwaldmodus zu nehmen.

Aber heute würde die Detektivarbeit vorgehen, das war klar.

»Ich kann in einer Stunde beim Laden sein«, sagte Marie.

»Super«, beeilte sich Kim zu sagen. »Ich rufe schnell noch Franzi an.«

Sie verabschiedeten sich und Marie begab sich zur Katzenwäsche ins Bad. Sehnsüchtig betrachtete sie die große Badewanne und die am Rand aufgereihten Flaschen mit Duftschaum, als sie ihr Gesicht abtrocknete. Ihr Blick fiel auf den kleinen blauen Flakon mit dem Parfüm, das sie am Samstag bei Elisa Saalberg gemischt hatte. Am Fläschchen klebte ein handgeschriebenes Etikett mit ihren Namen und einer Eins darauf.

Marie warf das Handtuch in den Wäschekorb und nahm das Fläschchen von der Ablage vor dem Spiegel. Als sie den Glaspfropf entfernte, stieg ihr ein wunderbar leichter Duft in die Nase. Marie schloss die Augen und ließ die Bilder zu, die vor ihrem inneren Auge entstanden. Elisa Saalberg hatte ihnen erklärt, dass man auf diese Weise einen Duft in all seinem Reichtum am besten beschreiben konnte. Man musste nur den Bildern vertrauen, die aufstiegen.
Es roch nach einer kühlen Zitronencremetorte, die an einem Sommertag auf einer gestärkten weißen Picknickdecke mitten auf einer frisch gemähten Wiese stand und von der salzigen Brise des nahe gelegenen Meeres umspielt wurde. Marie öffnete kurz die Augen und gab einen winzigen Tropfen der Essenz auf ihre Handgelenke und tupfte dann damit seitlich am Hals entlang. Wieder schloss sie die Augen. Kaum hatte sich das Parfüm auf ihrer Haut erwärmt, änderte sich der Duft um eine kleine Nuance. Jetzt wuchsen Maiglöckchen auf der Wiese. Von der Sonne beschienen, sandten sie einen betörenden Duft aus. Irgendwo neben der Zitronentorte musste sich ein Vanillepudding befinden, und Kirschen, ebenso wie ein Büschel Pfefferminze, vielleicht auch Waldmeister. Das Parfüm war wirklich toll! Was Marie bislang gerochen hatte, waren die Kopf- und die Herznote. Sie wusste, dass sie in etwa einer Stunde die sogenannte Basisnote würde riechen können. So lange dauerte es, bis sich das Parfüm mit der Haut verband. Dann war der am längsten bleibende, stärkste Duft zu riechen. Bei ihrem neuen, persönlichen Par-

füm war das ein erdig-natürlich grundierter Ton mit einem blumigen Einfluss, wie Elisa Saalberg es genannt hatte. Marie hatte einen frischen Sommerwind gerochen, der den Duft eines blühenden Rosenbuschs herüberwehte. Diese Beschreibung hatte Elisa auch gut gefunden.
Als Marie das eifrige Summen der Bienen auf den Rosenblüten zu hören glaubte und Holger mit vom Wind zerzaustem Haar um die Ecke bog, sich niederkniete und ihr eine Rose überreichte, öffnete Marie die Augen. Sie lächelte. Düfte konnten einen wirklich auf eine magische Reise mitnehmen! Das neue Parfüm, das sie mithilfe von Frau Saalberg gemischt hatte, war der Wahnsinn! Sie würde sich einen großen Flakon davon bestellen. Die Parfümeurin hatte alle 30 Essenzen, die Marie ausgewählt hatte, und die jeweilige Menge fein säuberlich notiert, sodass sie auch größere Mengen leicht nachmischen konnte.
Marie sah erschrocken auf die silberne Uhr auf der Ablage. Sie hatte tatsächlich eine halbe Stunde in ihrem Parfümtraum verbracht. Jetzt musste sie aber schleunigst los! Sie lief in ihr Zimmer und zog Jeans, T-Shirt und Turnschuhe aus dem Schrank. Entgegen ihrer sonstigen Gewohnheit schlüpfte sie schnell in die Sachen und verließ ihr Zimmer, ohne noch einmal in den Spiegel zu sehen.
Marie schnappte sich einen Apfel aus der Obstschale im Esszimmer und hinterließ einen Zettel für Tessa und ihren Vater auf dem Küchentisch. Dann rannte sie zum Carport, in dem ihr Fahrrad untergestellt war.

Kim und Franzi warteten bereits vor dem Parfümladen, als Marie mit hohem Tempo in die Gasse hinter dem Marktplatz einbog. Sie konnte in letzter Sekunde einem roten Pkw ausweichen, der darauf wartete, dass ein weißer Van aus einer Parklücke fuhr. Nachdem sie das Auto passiert hatte, ließ sie ihr Rad ausrollen und blieb vor Kim und Franzi stehen. Franzi trug Jeans und Reitstiefeletten. Ihr Haar war offen und leicht verstrubbelt. Der unverkennbare Geruch von Pferd und Stall ging von ihr aus. Marie grinste. »Bist du mit deinem Pony direkt hierhergaloppiert? Wo hast du es angebunden, hinterm Haus?«

Franzi verdrehte die Augen. »Natürlich nicht! Ich war mit Tinka im Gelände, als Kim anrief. Ich hatte keine Zeit mehr zum Umziehen, der Bus fährt sonntags nur jede Stunde.« Sie klopfte sich ein paar Pferdehaare vom Pulli. »Was ist, gehen wir endlich rein?«

Kim nickte. »Wir sollen klingeln, hat Elisa Saalberg gesagt.« Sie drückte auf den Knopf seitlich neben der Tür, auf dem ›Privat E. Saalberg‹ stand. Wenige Sekunden später konnten sie durch die Glasfront sehen, wie Sebastian die Treppe hinunterstürmte. Er durchquerte schnellen Schrittes den Laden und schloss die Tür auf. »Kommt rein!«, sagte er. »Gut, dass ihr da seid!« Sebastian machte ein besorgtes Gesicht.

»Langsam wird mir das Ganze hier auch unheimlich.« Nachdem die drei !!! den Laden betreten hatten, drehte Sebastian den Schlüssel zweimal im Schloss, rüttelte prüfend an der Tür und steckte den Schlüssel in die Hosentasche.

Kaum waren sie in dem Laden, bemerkte Marie einen intensiven Duft. Sie runzelte die Stirn. »Warum riecht es hier plötzlich so stark?«
Sebastian biss sich auf die Lippe. »Das wissen wir auch nicht. Elisa sagte, dass das die Lilien-Essenz ist.« Er deutete zu dem Apothekerschrank, in dem vier grünliche Glasballons unterschiedlicher Größe standen. »Die Essenzen hat noch ihr Onkel angesetzt.«
Kim trat an den Schrank heran. »Ist hier wieder etwas umgefallen?«
»Nein.« Der blonde Junge schüttelte den Kopf. »Die Behälter standen alle völlig unversehrt da, als Elisa heute Morgen in den Laden gekommen ist. Sie hat die Verschlüsse geprüft. Die sind absolut dicht.« Sebastian strubbelte sich durchs Haar. »Elisa glaubt, dass diese ganzen seltsamen Sachen passieren, weil ihr der Geist von Onkel Hector etwas sagen will. Sie versteht bloß nicht, was.« Sebastian verzog den Mund.
»Das ist natürlich Quatsch. Aber ich muss zugeben, dass mir die Ereignisse der letzten Zeit jetzt auch unheimlich werden. Was, wenn hier jemand nachts ein und aus geht?! Was passiert als Nächstes?«
Marie beobachtete Sebastian genau. Der junge Mann schien sichtlich betroffen und seine Angst echt zu sein. Er hatte sie, während er sprach, offen angesehen. Jetzt knetete er seine Hände.
»Am besten, wir sprechen jetzt erst mal selbst mit Frau Saalberg«, schlug Kim vor.

»Das wird das Beste sein. Kommt!«
Während sie hinter Sebastian die knarrende Treppe in den ersten Stock hinaufgingen, fragte Franzi: »Wart ihr alle drei diese Nacht zu Hause?«
Sebastian schüttelte den Kopf. »Amélie und ich waren bei einem Konzert. Danach waren wir mit Bekannten unterwegs. Wir wollten die Nacht durchmachen und dann irgendwo gemütlich frühstücken, aber um kurz nach acht Uhr hat Elisa angerufen und uns gebeten, sofort nach Hause zu kommen.« Er zuckte mit den Schultern. »Was wir natürlich auch gemacht haben. So panisch, wie sie geklungen hat.« Franzi blieb stehen. Sie räusperte sich. »Entschuldige bitte, dass ich das jetzt fragen muss, aber: Gibt es Leute, die das bezeugen können?«
Sebastian blieb ebenfalls stehen. Er sah Franzi völlig verdattert an. »Ja, klar. Wir waren die ganze Zeit mit zwei von meinen Kommilitonen zusammen. Sag mal, glaubst du etwa, dass Amélie oder ich etwas mit all dem hier zu tun haben?« Er schüttelte den Kopf. »Das haben wir nicht, das kann ich dir versichern!«
Die drei !!! wechselten einen Blick. Kim nickte unmerklich. Sie stiegen weiter die alte Holztreppe hinauf. Oben angekommen, wies Sebastian zu einer offen stehenden Tür. »Elisa und Amélie sind hier, in der Küche.«
Die beiden Frauen saßen an einem weiß gebeizten Holztisch, auf dem benutztes Frühstücksgeschirr stand. Sie sahen beide sehr blass aus. Elisa Saalberg hatte dunkle Ringe unter den Augen. Als die drei Detektivinnen eintraten, sprang sie von ihrem

Stuhl auf und stieß mit der Hand versehentlich gegen die Tischkante. Eine Kaffeetasse geriet ins Wanken. Amélie fasste blitzschnell nach ihr und hielt sie fest.

»Danke, dass ihr so schnell gekommen seid«, sagte Elisa Saalberg. »Ich dachte, ich werde verrückt, als ich den Karteikasten heute Morgen entdeckt habe.« Sie wies auf drei freie Stühle am Tisch. »Aber setzt euch doch bitte erst mal.«

Die drei !!! und Elisa nahmen Platz, Sebastian lehnte sich an den Kühlschrank und verschränkte die Arme. Amélie bot ihnen Früchtetee an, den sie aber dankend ablehnten.

Kim räusperte sich. »Das ist wirklich eine sehr merkwürdige Sache. Wir werden uns den Laden und das Kästchen gleich etwas genauer ansehen und auf Spuren überprüfen.« Sie zog einen Stift und das Detektivheft aus dem Rucksack. »Haben Sie letzten Abend oder in der Nacht etwas bemerkt? Gab es wieder dieses Pfeifen oder andere Geräusche? Haben Sie wieder Lichter gesehen?«

Elisa Saalberg schüttelte den Kopf. »Ich habe tief und fest geschlafen. Nachdem Amélie und Sebastian losgezogen sind, habe ich mir wieder einen Baldriantee gemacht und bin dann gleich ins Bett gegangen.«

Kim drehte den Stift in ihrer Hand. »Okay. Und als Sie am nächsten Morgen in den Laden kamen, sahen Sie das Kästchen. Und haben diesen Lilienduft bemerkt, richtig?«

»Genau.« Die Parfümeurin erschauerte. »Es ist ein Duft aus der Vergangenheit, die mich jetzt einholt. Diese Essenz erinnert mich ganz besonders an meinen Onkel. Es war einer seiner

Lieblingsdüfte. Sehr viele seiner Parfümrezepte enthalten eine Lilien-Komponente.« Frau Saalberg knüllte eine Serviette in der Hand zusammen. »Ich kann mir nicht erklären, wieso dieser Duft plötzlich aufgetreten ist. Die Essenz-Ballons sind alle fest verschlossen gewesen.« Sie seufzte. »Ich glaube, da sind übernatürliche Kräfte im Spiel. Das alles hat etwas mit meinem Onkel zu tun. Er hat seinen Laden geliebt. Vielleicht kann er nicht loslassen. Oder er will mir etwas sagen. Vielleicht mache ich etwas falsch. Etwas …«

»Elisa, bitte!«, unterbrach Amélie sie. »Du leidest unter Schlafmangel, deine Nerven liegen blank. Jetzt fantasierst du aber wirklich! Du hast doch noch nie an Geister geglaubt.«

Kim räusperte sich. »Vielleicht legen Sie sich jetzt noch mal hin und ruhen sich aus, Frau Saalberg?«, schlug sie vor. »Wir würden uns jetzt gerne den Karteikasten und die Glasballons mit den Essenzen ansehen. Ist das in Ordnung?«

Die Parfümeurin nickte. »Natürlich. Und ja, du hast recht. Ich werde mich jetzt wieder hinlegen.« Sie stand umständlich vom Küchentisch auf und ging zur Tür.

Kim legte das Detektivbuch weg. »Eine Frage hätte ich noch.«

Die blonde Frau nickte. »Ja?«

»Haben Sie überprüft, ob alle Rezepte vorhanden sind?« Elisa Saalberg strich sich mit beiden Händen die Haare zurück. »Nein, das habe ich nicht gemacht. Daran habe ich gar nicht gedacht.« Sie zögerte. »Das sollte ich wohl gleich machen. Es ist ja kein großer Aufwand. Mein Onkel hat jede Karteikarte der 498 Parfümrezepte nummeriert.«

Kim sprang auf. »Das können wir doch für Sie übernehmen.«
Elisa Saalberg nickte. »Wenn ihr das machen würdet, wäre das großartig, vielen Dank!« Sie lächelte den Mädchen matt zu.
»Soll ich dir mein Wärmekissen geben?«, fragte Amélie. »Das ist die beste Entspannung, die es gibt.«
Elisa Saalberg nickte. »Ja, das wäre fein.« Die beiden Frauen verließen die Küche.
Franzi und Marie standen ebenfalls auf. »Dann gehen wir mal nach unten und sehen uns um«, sagte Marie.
»Kann ich euch helfen?«, fragte Sebastian. »Die Rezepte zum Beispiel kann doch auch ich nachzählen.«
»Vielen Dank, aber das machen wir am besten alles selbst«, antwortete Kim.
Sebastian biss sich auf die Lippe. »Verstehe. Ich bin immer noch ein Verdächtiger für euch, stimmt's?«
Kim zögerte.
Marie ergriff das Wort: »Versteh das bitte nicht falsch. Aber in diesem Fall hier ist so vieles rätselhaft und unklar. Wir können nichts ausschließen, bevor wir nicht das Gegenteil festgestellt haben.«
»Ja, das sehe ich ein.« Der junge Mann versenkte die Hände in seinen Hosentaschen. »Mit meiner Egon-Aktion habe ich mich ja auch nicht gerade mit Ruhm bekleckert. Dabei bin ich Elisa so dankbar, dass sie mich hier wohnen lässt. Und ich hoffe sehr, dass sich das alles endlich aufklären lässt, damit es ihr wieder gut geht.«

»Das hoffen wir auch«, antwortete Marie. Sie lächelte Sebastian an. »Wir gehen dann mal an unsere Arbeit.«

Der pure Horror

»Das hätten wir uns denken können«, sagte Marie missmutig. Kim hatte mit dem Pinsel ihres Fingerabdrucksets den Metallgriff und die Oberfläche des Karteikastens mit einer Grafit-Schicht bestäubt und vorsichtig das überschüssige Material weggepustet. Jetzt waren dutzende von undeutlichen, völlig verschmierten Fingerabdrücken sichtbar geworden. Marie seufzte. »Ein einziges Chaos aus überlagerten Fingerabdrücken. Der Kasten ist ja auch uralt und bestimmt schon von vielen Menschen angefasst worden.«

Kim legte den Pinsel zur Seite und nahm eine Lupe aus ihrem Rucksack. »Das kann man nicht so ohne Weiteres sagen. Normalerweise kann man frische Abdrücke von alten gut unterscheiden. An ihnen bleibt mehr Grafitstaub hängen und sie sehen dunkler aus.« Kim betrachtete die Oberfläche des Kastens mit der Lupe. »Aber hier wird es wirklich schwierig. Das ist ein einziger großer Fingerabdrucksalat.«

»Es wird eine Ewigkeit dauern, bis wir Frau Saalbergs Abdrücke rausgefiltert haben«, maulte Franzi.

Kim zog die Augenbrauen hoch. »Detektivarbeit erfordert eben Geduld!«, sagte sie spitz und nahm ein Stück durchsichtiger Klebefolie. Sie fixierte es auf einem Teil der Abdrücke und zog es wieder ab. Dann klebte sie den Streifen mit den daran haftenden Abdrücken in ihr Detektivheft. Während sie mit der nächsten Stelle auf dem Kasten weitermachte, murmelte sie: »Vielleicht haben wir bei den Glasballons mehr Glück.«
»Hoffentlich!«, sagte Franzi. Sie wippte ungeduldig auf den Fersen auf und ab. »Ich habe das Gefühl, dass wir bei diesem Fall hier einfach nicht richtig vorankommen.«
»Was habe ich vor zwanzig Sekunden gesagt?«, fragte Kim.
»Geduld!«
Nach zehn Minuten hatte Kim alle Abdrücke vom Kasten in ihrem Heft gesichert. Sie betrachtete ihr Werk mit einem unglücklichen Gesichtsausdruck. »Das könnte völlig umsonst gewesen sein«, stellte sie fest. »Ich weiß tatsächlich nicht, wie man in dem Durcheinander auch nur einen einzigen Abdruck analysieren soll.«
Marie und Franzi liefen zu den Glasballons. »Komm schon, Kim«, rief Franzi. »Wir versuchen unser Glück hier!«
»Wartet mal«, antwortete Kim und verstaute die Lupe wieder. »Ich würde jetzt gerne erst mal die Karteikarten überprüfen.«
Franzi verzog das Gesicht. »Dann zählst du sie am besten und Marie und ich übernehmen die Glasballons.«
»Alles klar«, sagte Kim und beugte sich über den Kasten. Franzi schnappte sich währenddessen das Fingerabdruckset.

»Entschuldigt bitte«, erklang plötzlich Amélies Stimme von der Treppe. »Darf ich euch kurz stören? Mir ist etwas eingefallen.«
Kim zuckte mit den Schultern. »Ja, klar. Was denn?«
Amélie beeilte sich, die Treppe hinunterzukommen. Bei den drei !!! angekommen, verschränkte sie die Arme vor der Brust. »Ich weiß, dass ihr meinen Bruder und mich auf eurer Liste der Verdächtigen habt«, sagte sie. »Aber ihr könnt mir glauben: Wir haben mit all dem hier nichts zu tun!« Sie schluckte. »Ich habe auch überlegt, was hinter den ganzen seltsamen Vorkommnissen stecken könnte.« Sie machte eine Pause und sah die drei !!! ernst an. »Ich habe mich gefragt, ob es sein könnte, dass Elisa schlafwandelt.«
Es dauerte einen Moment, bis die Mädchen verstanden. »Sie meinen, Elisa selbst hat die Flakons aus dem Regal geworfen, das *Seelentränen*-Parfüm und den Karteikasten versteckt und wieder rausgeholt?«, fragte Marie schließlich. »Und zwar im Schlaf?«
»Und die Lilienblüten-Essenz hier im Laden versprüht«, ergänzte Amélie. »Das könnte doch sein. Schlafwandler machen die merkwürdigsten Dinge.« Sie drehte einen Ring an ihrem Finger. »Der plötzliche Tod ihres Onkels hat sie sehr mitgenommen. Vielleicht hat das, zusammen mit den Strapazen des Umzugs, eine Krise bei ihr ausgelöst. Und sie reagiert darauf mit Schlafwandeln.«
Franzi nickte. »Ich habe irgendwo mal eine Geschichte von einem Mann gehört, der alleine gelebt hat und im Schlaf

gewandelt ist. Natürlich hat er selbst das nicht gewusst. Auf jeden Fall ist ihm eines Morgens aufgefallen, dass die Salami, der Käse und ein Apfel in seinem Kühlschrank angebissen waren. Er hat daraufhin tierische Angst vor Einbrechern gehabt und einen Freund gebeten, für ein paar Tage bei ihm zu übernachten. Tja, und dieser Freund hat dann mitten in der Nacht gesehen, wie der Mann in die Küche geht und den Kühlschrank aufmacht. Er hatte die Augen geöffnet, aber er war nicht ansprechbar. Wie in Trance hat er eine Wurst rausgenommen, reingebissen und sie wieder in den Kühlschrank zurückgelegt.«

Amélie nickte. »So ähnlich stelle ich es mir bei Elisa vor. Sie kann sich einfach nicht mehr daran erinnern, dass sie selbst diese Dinge tut.«

»Das wäre vielleicht eine Erklärung«, sagte Kim vorsichtig. »Aber hätten Sie oder auch Sebastian es nicht gehört, wenn Elisa mitten in der Nacht die Treppe zum Laden hinuntergegangen wäre? Das alte Holz knarrt ja ziemlich.«

Amélie seufzte. »Ja, eigentlich hätten wir wach werden müssen. Aber wer weiß ... Ich habe schon einen sehr tiefen Schlaf. Und Sebastian sowieso. Wenn der mal im Bett liegt, schläft er auch schon wie ein Stein.«

Kim zupfte nachdenklich an ihrer Oberlippe. »Die Schlafwandler-Lösung wäre natürlich die einfachste Erklärung. Und die beruhigendste.« Sie sah zur Ladentür. »Denn die andere Möglichkeit ist nach wie vor die, dass ein Unbekannter einen Schlüssel zum Laden hat und heimlich nachts ein und aus geht.«

Amélie erschauerte. »Das kann ich nicht glauben.«

»Es gibt nur eine Möglichkeit, dieser Frage auf die Spur zu kommen«, sagte Franzi. »Wir müssen eine Nacht lang hier Wache halten. Vor dem Laden und im Laden selbst.«
»Ganz genau!«, sagten Kim und Marie gleichzeitig. Die drei Detektivinnen klatschten sich ab.

Detektivtagebuch von Kim Jülich
Sonntag, 20:35 Uhr

Wir müssen endlich herausfinden, wer hinter den beunruhigenden Sachen steckt, die in Elisa Saalbergs Parfümladen passiert sind. Der Plan ist: Marie, Franzi und ich übernachten von Mittwoch auf Donnerstag im Haus, in dem sich der Parfümladen befindet, und wir observieren das Objekt. Und zwar innen und auch von der Straße aus. Am Donnerstag fällt die Schule wegen des Feiertags aus, und so können wir uns die ganze Nacht um die Ohren schlagen, ohne am nächsten Morgen gerädert in der Schule rumsitzen zu müssen. Elisa und Amélie (die beiden haben uns heute das Du angeboten, voll nett!) waren sofort einverstanden mit unserem Plan. Amélies Bruder Sebastian besucht über die freien Tage ein paar Freunde und wird nicht da sein. Elisa und Amélie fanden es deshalb umso besser, dass sie uns drei für eine Nacht zur ›Verstärkung‹ haben. Unsere Eltern würden die Aktion ganz bestimmt nicht gut finden. Deshalb haben wir uns eine kleine Notlüge ausgedacht. Nicht die feine Art. Aber manchmal geht es eben nicht anders.
Sehr praktisch ist, dass Elisa einen Stellplatz für ihr Auto gleich neben dem Haus hat. Franzi und ich werden ganz klassisch aus dem Auto heraus observieren, was sich vor dem Haus tut. Marie wird mit Elisa im Laden bleiben und dort aufpassen. Ich bin gespannt, ob etwas passiert. Wir gehen natürlich total unauffällig vor. Schließlich müssen wir damit rechnen, dass Elisas Laden beobachtet wird.

PS: Eine gute Nachricht gibt es: Der Karteikasten mit den Parfümrezepten ist wieder da! Allerdings fehlt ein Rezept. Merkwürdig. Womöglich ist es das für das ›Blütenzauber‹-Parfüm, das der Nachbar von Elisa so dringend für seine Freundin sucht. Elisa hat den Kasten jetzt jedenfalls zur Sicherheit in ihren Tresor eingeschlossen.

Geheimes Tagebuch von Kim Jülich
Sonntag, 22:30 Uhr

WARNUNG!!! Ben & Lukas!!! Glaubt ihr, ich weiß nicht, dass ihr hier heimlich mitlest?! Hört auf damit! Denn ich kenne noch andere Geheimnisse von euch ... Ich habe vorhin mein Periskop am Fenster ausprobiert ... Wenn ich Mama einen Tipp gebe, seid ihr eure Tablets garantiert für eine Weile los. Wäre doch schade, wenn ihr dann nachts nicht mehr gamen könntet ... Oder?! Überlegt es euch gut!!!
Es wirkt! Das Parfüm, das ich mit Elisas Hilfe gemischt habe, lässt mich Michi vergessen! Na ja, wahrscheinlich ist es eher die Ablenkung, die ich momentan durch die Detektivarbeit, die Schule und das Schreiben an dem Blogeintrag für das JUZ habe. Allerdings hat Elisa gesagt, dass mein Parfüm ganz viele Duftkomponenten enthält, die entspannend und aufheiternd wirken: Lavendel, Rosmarin, Patchouli. Die anderen habe ich gerade vergessen. Auf jeden Fall rege ich mich wahrscheinlich nicht mehr so auf, wenn ich doch mal an Michi denke. Wenn ich einen Tropfen von dem Parfüm auf meine Handgelenke gebe, kurz warte, bis es sich erwärmt hat, und dann daran schnuppere, habe ich das Gefühl, auf einer zuckerwattezarten Wolke zu schweben. Sie wird über den Himmel getragen, ich gucke auf die Welt hinunter, alles ist ganz klein, die Menschen sehen aus wie Ameisen und die Häuser wie Gänseblümchen im Gras. Und dann leuchtet ein Regenbogen auf und ich rutsche an ihm hinunter auf die Erde und lande im Café Lomo. Vor mir steht ein dampfendes Glas Kakao Spezial und ein fluffiger Kokos-Muffin mit Zitronenglasur. Jetzt fällt es mir wieder ein: Weitere

Essenzen in meinem persönlichen Parfüm sind Vanille, Kokosnussöl und Zitronenmelisse. Zum Glück hat Elisa die genaue Zusammensetzung meines Parfüms notiert. Wenn mein Probefläschchen leer ist, werde ich einen Flakon bei ihr nachbestellen. Das Zeug ist einfach umwerfend!

Drei Tage später saßen Kim, Franzi und Marie um 20:00 Uhr mit Elisa und Amélie in der Küche des kleinen Fachwerkhäuschens in der Gasse hinter dem Marktplatz. Die Mädchen hatten eine Tasche mit den benötigten Detektivutensilien dabei, ihre Schlafsäcke und Waschzeug.
Elisa hatte einen Auberginenauflauf und einen großen gemischten Salat zubereitet, und alle ließen es sich schmecken.
»Und eure Eltern sind einverstanden, dass ihr heute bei uns übernachtet?«, fragte Amélie.
»Sie wissen darüber Bescheid, dass wir heute Nacht nicht zu Hause schlafen«, antwortete Franzi ausweichend.
Kim rutschte unbehaglich auf ihrem Stuhl hin und her. Marie wusste, dass ihre Freundin Lügen hasste. Sie hatte Kim zusammen mit Franzi trotzdem davon überzeugt, dass eine kleine Notlüge in ihrer momentanen Lage angebracht war. Maries Eltern gingen jetzt davon aus, dass sie mit ihren Freundinnen im Pferdeschuppen eine Mitternachtsparty mit Übernachtung feierte. Kims und Franzis Eltern dachten, dass ihre Töchter bei Marie in der Villa schliefen.
»Ist der Plan klar? Wissen alle, was sie zu tun haben?«, fragte Marie schnell, um von dem Eltern-Thema wegzukommen. Elisa und Amélie nickten. »Ihr seid wirklich Profis!«, sagte Elisa

anerkennend. »Ich wäre nicht auf diese Ideen gekommen.«
Kim kaute und schluckte schnell. »Wir machen die Detektivarbeit ja schon lange Zeit und haben viel Erfahrung gesammelt.«
Zum Nachtisch gab es ein hervorragendes Tiramisu, das Amélie gemacht hatte. Die Teller waren schnell geleert und sie räumten den Tisch ab. Während die beiden Frauen den Abwasch erledigten, holten die drei !!! ihre Ausrüstung aus der Tasche.
»Das Periskop stecke ich nachher im Auto zusammen«, sagte Kim und ließ die Einzelteile des Spionagegeräts in ihren Rucksack fallen. Kims Herz zog sich für einen Moment schmerzhaft zusammen, als sie daran dachte, dass sie das Periskop mit Michi zusammen gebaut hatte. Damals, als alles noch gut war. Kim schnupperte unauffällig an ihrem Handgelenk und schloss die Augen. Ein süßer, tröstlicher Duft umfing sie, die Zuckerwattewolke lud sie ein, auf ihr dahinzugleiten und den sanften Wind zu spüren, der einen Lavendelhauch mit sich trug. Kim atmete tief durch. Als sie die Augen öffnete, fühlte sie sich frisch, frei und leicht. Unternehmungslustig blinzelte sie Marie an. »Und jetzt die Überwachungskamera.«
»Alles klar.« Marie grinste und nahm das Babyfon mit dem Monitor aus der Tasche. Tessa und ihr Vater hatten zu Finns Geburt gleich zwei Geräte dieser Art geschenkt bekommen. Eines hatten sie netterweise an Marie abgetreten. Sie aktivierte die beiden Stationen und steckte das Empfangsgerät mit dem Monitor in die Tasche ihrer Strickjacke. Das Überwachungsteil mit der Kamera stellte sie auf den Küchentisch.

»Ich stelle es später im Laden oben in den Apothekerschrank. Mit Blick auf die Eingangstür.«
»Perfekt«, murmelte Kim.
Unterdessen zog sie eine große, schwere Papiertüte aus der Tasche. »Was ist denn da drin?«, fragte Franzi neugierig.
»Unser Proviant«, antwortete Kim. »Wir beide müssen damit rechnen, die ganze Nacht im Auto zu verbringen.« Franzi lugte in die Tüte hinein und zählte auf: »Zwei Liter Cola, Chips, Flips, Gummibärchen, Nuss-Schokolade, Brausebonbons ...«
»Sowie je zwei Käse- und Schinkenbaguettes, Butterkekse und vier Äpfel«, beendete Kim Franzis Satz. »Gut, was?« Franzi zwinkerte Kim zu. »Lieber zu viel als zu wenig.«
»Genau!«, sagte Kim und quetschte die Tüte in ihren Rucksack. »Jetzt noch die Taschenlampen und die Kamera«, murmelte sie. »Okay, Mädels. Ich wäre so weit!«
»Haben alle ihre Handys eingeschaltet?«, fragte Franzi. Alle nickten.
»Dann mal los!«, sagte Kim.
»Halt!«, sagte Franzi. »Es fehlt noch was!«
Marie grinste, sie hatte sofort verstanden. »Allerdings!«, rief sie und stellte sich zu Franzi. »Unser Powerspruch muss schon sein!«
Kim schlug sich mit der Hand vor die Stirn. »Wie konnte ich das vergessen!«
Elisa und Amélie sahen erstaunt zu, wie die drei Mädchen sich eng zusammenstellten und die Hände in die Mitte streckten.

Gemeinsam riefen sie: »Die drei !!!.« Kim sagte: »Eins!«, Franzi »Zwei!« und Marie folgte mit »Drei!«.
Dann riefen sie aus voller Kehle: »Power!!!«, und warfen die Arme in die Luft.
Marie spürte sofort, wie eine wohlige Energiewelle durch ihren Körper rollte, und sie fühlte sich kraftvoll, leicht und frei. Das Ritual hatte mal wieder seine volle Wirkung gezeigt!
Fünf Minuten später spähte Marie aus dem Fenster. Sie hielt sich hinter den großen Tontöpfen mit Kakteen verborgen, die auf der Fensterbank standen. Sie sah, wie Elisa zusammen mit Kim und Franzi in ihr kleines schwarzes Auto stieg.
»Vielen Dank, dass Sie uns zum Bahnhof fahren!«, sagte Kim laut.
Elisa nickte. »Das mache ich doch gern!«, antwortete sie. Die Türen schlugen zu und der Wagen wurde angelassen. Elisa musste kurz warten, weil ein weißer Van gerade ausgeparkt wurde und ein blinkender Pkw sich knapp dahinter in Warteposition befand. Als das rote Auto endlich in die Parklücke manövriert worden war, gab Elisa Gas und das kleine schwarze Auto düste davon. Marie grinste. Sie hatten sich einen wirklich guten Plan ausgedacht. Für Außenstehende sah es so aus, als würden Kim und Franzi wegfahren. In Wirklichkeit jedoch steuerte Elisa den nahe gelegenen Parkplatz eines Supermarkts an. Dort würden Kim und Franzi sich und das Periskop auf dem Rücksitz des Kleinwagens in die verdeckte Beobachterposition bringen. Dann würde Elisa das Auto wieder zurückfahren, parken und alleine ins Haus zurückkehren. Kim und

Franzi würden, unter einer Decke verborgen, die Nacht auf dem Rücksitz des Autos verbringen und mit dem Periskop unauffällig beobachten können, was draußen geschah. Wenn sich jemand dem Laden näherte, womöglich die Tür aufschloss, würden sie per Handy Alarm geben. Dann wären Elisa, Amélie und Marie gewarnt.

Marie sah auf das Empfangsgerät auf dem Couchtisch. Ein kleines grünes Licht zeigte die Signalstärke an. Sie war hervorragend. Auf dem Monitor erkannte Marie einen Teil des Ladens und die Eingangstür. Sie hatten beschlossen, die Kamera im Geschäft anzubringen, damit die beiden Frauen und Marie im Fall des Falles nicht hinuntermussten, um zu sehen, was passierte, sondern die Lage vom Wohnzimmer aus überblicken konnten. Amélie war viel zu aufgeregt gewesen, um schlafen zu gehen. Es war jetzt fast halb elf und sie saß in ihrem Zimmer vor dem Computer.
Einige Minuten später hielt Elisas Wagen auf dem Stellplatz und die Parfümeurin stieg aus. Marie beugte sich vorsichtig neben einer der stacheligen Kakteen auf der Fensterbank etwas weiter vor und sah auf das Auto. Perfekt. Das Endstück des Periskops war unter dem einige Zentimeter hochgestellten Schiebefenster auf dem Autodach gut verborgen. Marie zog die Vorhänge wieder vor und knipste die Stehlampe an. Ihr Handy gab einen Piepton von sich. Kim hatte eine Kurznachricht geschickt:

Sind in Position. Übersicht sehr gut.

Marie schrieb zurück:

Hier auch alles klar. Trinkt nicht so viel Cola ;-)

Elisa betrat das Wohnzimmer und setzte sich auf die Couch. Sie seufzte. »Hoffentlich geht das gut. Ich weiß nicht, auf einmal denke ich, dass das doch keine gute Idee war.«
Marie setzte sich neben der blonden Frau auf das Sofa. »Keine Sorge! Wir haben alles im Griff!«
Elisa lächelte schwach. »Hoffentlich.« Sie nahm eine Zeitschrift vom Tisch und begann darin zu blättern. Marie zog das Empfangsteil etwas näher zu sich heran. Der Monitor zeigte immer noch den vollkommen still daliegenden Laden im Dämmerlicht. Nur eine Laterne auf der anderen Straßenseite erhellte die Szene ein wenig. Marie lehnte sich zurück und begann, eine Nachricht an Holger zu schreiben. Ihr armer Schatz! An Telefonieren war überhaupt nicht zu denken. Seine Stimme war nämlich weg. Dafür hatte Marie ihm in der letzten Woche bestimmt dreißig Nachrichten geschickt. Er hatte nur selten antworten können, weil ihm die Grippe wirklich schwer zusetzte. Hoffentlich war Holger endlich bald wieder gesund!
Elisa stand auf. »Ich mache uns einen Tee, ja?«
Marie nickte. »Gerne, vielen Dank!« Sie hörte, wie Elisa in der Küche hantierte. Amélie schien jetzt ebenfalls dort zu sein. Die beiden Frauen unterhielten sich leise miteinander.

Ein leises ›Pling‹ erfolgte, als Marie die Nachricht abschickte. Sie nahm die Zeitschrift, die Elisa liegen gelassen hatte, und begann zu lesen. Nach einigen Minuten kamen Amélie und Elisa mit einem Tablett ins Zimmer. Sie verteilten Geschirr und Schälchen mit Pistazien, Oliven und Käsecrackern auf dem Tisch. Elisa goss den dampfenden Tee ein. Sie schob Marie ein Kännchen hin. »Sahne?«
»Danke, nein«, sagte Marie und nahm die Tasse.
Ein Knacken ertönte. Marie sah auf das Handy. Hatte Holger schon geantwortet? Nein, da war nichts. Wieder ertönte ein Knackgeräusch, dann ein Kratzen. Plötzlich durchfuhr es Marie siedend heiß. Das kam von dem Babyfon! Marie setzte sich kerzengerade auf und schnappte sich das Empfangsgerät. »Da muss was im Laden sein«, sagte sie halblaut. Elisa und Amélie rissen die Augen auf. Elisa stellte ihre Tasse ab und verschüttete etwas vom Inhalt. Sie achtete nicht drauf.
»Was?«, fragte sie atemlos.
Marie schüttelte den Kopf. Sie starrte wie gebannt auf den Monitor. »Keine Ahnung. Beim Eingang ist nichts, kein Mensch.«
Wieder gab es das Knackgeräusch. »Das Knacken ist aber ein deutlicher Hinweis darauf, dass sich etwas im Laden bewegt«, flüsterte Marie. Sie beugte sich noch näher über den Monitor. Plötzlich huschte ein Schatten vor dem Bild vorbei, es wurde kurz schwarz, dann wieder heller. Etwas Großes, Leuchtendes, Rundes zeichnete sich ab.
Marie schrie auf. Was sie gerade sah, war der pure Horror. Auf dem Monitor war ein riesiges Auge!

Duft-Gruft

Für den Bruchteil einer Sekunde schien das Auge Marie hämisch anzustarren. Aus dem Lautsprecher kam ein lautes Geräusch, wie von einem Schlag. Dann wurde der Monitor schwarz.
Elisa und Amélie waren beide bleich geworden. »W... war das ein Auge?«, stotterte Elisa.
Marie konnte nicht antworten. Ihre Kehle war wie zugeschnürt. Sie ballte die Hände zu Fäusten, weil sie sonst unkontrolliert gezittert hätten. Ihr Atem ging stoßweise, das Herz schlug ihr bis zum Hals und sie musste mit aller Macht gegen einen Panikanfall ankämpfen. Es gab für alles eine Erklärung: Das Babyfon war defekt, es hatte einen Datenfehler gegeben, das Bild von dem Auge war eine optische Täuschung. Trotzdem beruhigte sich Maries Herzschlag nicht. Sie griff zum Handy. Zum Glück ging Kim sofort dran.
»Was gibt's?«, nuschelte ihre Freundin. »Bei uns Schinkenbrot und Kartoffelchips.«
»Hier ist was«, flüsterte Marie. »Unten im Laden. Es muss

jemand reingekommen sein.« Sie hörte das Blut in ihren Ohren rauschen.
»Wie bitte?!«, rief Kim ins Handy. »Das kann nicht sein. Draußen war niemand. Wir haben die ganze Zeit die Eingangstür im Blick!«
»Was sollen wir machen?«, fragte Marie. Plötzlich spürte sie Elisas Hand auf ihrer Schulter. Ihre Finger waren eiskalt.
»Hört ihr das?«, flüsterte sie.
»Das Klavier«, keuchte Amélie.
Marie ließ das Handy sinken. Kims aufgeregte Stimme drang leise daraus hervor. Marie drückte die Verbindung weg. Sie lauschte und dann hörte sie es: In einem der Zimmer nebenan wurden die Tasten eines Klaviers angeschlagen! Kraftlos, unmotiviert, die Töne in einer geisterhaft schrägen Abfolge.
Marie blieb der Atem weg. Ihr Blick fiel zur Uhr. Es war kurz nach Mitternacht. Sie wehrte sich gegen den aufsteigenden Gedanken. Aber es gelang ihr nicht. Wenn jemand über die Treppe zu ihnen hochgekommen war, warum hatte dann die Treppe nicht geknarrt? Kein Mensch hätte das geschafft. Das Holz hatte ja selbst bei der federleichten Franzi geknarzt. In Maries Kopf hallte ein einziges Wort nach: Geister! Alles, was hier gerade passierte, deutete auf übernatürliche Phänomene hin. Elisa hatte es ja die ganze Zeit geahnt.
Die Parfümeurin stand jetzt wie zur Salzsäule erstarrt neben ihr. Sie hatte die Arme um den Oberkörper geschlungen.
Amélie legte ihr eine Hand auf die Schulter. »Beruhige dich!« Sie schien fieberhaft zu überlegen. Dann straffte sie die Schul-

tern. »Ich lasse mich doch hier nicht verrückt machen! Mädels, kommt! Wir sind zu dritt!« Sie sah sich hektisch um. Ihr Blick blieb bei der Fensterbank hängen. »Jeder nimmt sich einen Kaktus und dann geht es los! Das Klavier steht in meinem Zimmer gleich nebenan. Wir gehen da jetzt rein!«

Zur gleichen Zeit sprangen Kim und Franzi aus Elisas Auto. Sie schlugen die Türen zu und hechteten zum Laden. »Was ist denn los?«, fragte Franzi. Sie hielt noch einen Apfelbutzen zwischen den Fingern, sah ihn kurz an und schleuderte ihn dann ins Gebüsch.

»Kein Ahnung!«, rief Kim und steckte mit zitternden Fingern den Schlüssel, den ihr Elisa vorhin noch gegeben hatte, ins Schloss. »Marie sagte, da ist jemand im Haus, aber dann hat sie das Gespräch weggedrückt. Wir müssen rein!«

Kim riss die Tür auf und stürzte in den Laden. »Wo ist der Lichtschalter?«

»Kein Ahnung«, stammelte Franzi.

»Wir sind da«, rief Kim in die Dunkelheit. »Wo seid ihr? Was ist los?«

»Ich hole die Taschenlampen«, schrie Franzi und wandte sich zur Tür. Im selben Moment flammten die Spots an der Decke des Ladens auf.

Geblendet kniffen Kim und Franzi die Augen zusammen. Kim erkannte schemenhaft drei Gestalten auf der Treppe, die zum oberen Stockwerk führte. »Wo bist du, Marie?«, rief Kim. »Geht es euch gut? Braucht ihr Hilfe?«

»Alles in Ordnung«, rief Marie von der Treppe aus zurück. »Es war die Katze.«

»Bitte?« Kim runzelte die Stirn.

Marie strich der grau-weiß gestreiften Hauskatze, die sie im Arm hielt, über den Kopf. Das Tier begann augenblicklich zu schnurren. »Du hast uns einen riesigen Schrecken eingejagt, weißt du das?«, sagte sie leise. »Einfach im Laden herumschleichen und dann noch auf dem Klavier herumspringen! Du bist mir schon einer.«

Kim stemmte die Hände in die Seiten. »Könntest du uns bitte erklären, was hier los ist?« Sie funkelte Marie wütend an. »Du hast Franzi und mir auch einen Riesenschreck eingejagt! Einfach das Gespräch wegdrücken, Mann!«

Marie setzte die Katze auf dem Boden ab und sie begann sich augenblicklich zu strecken und zu putzen. »Es tut mir leid«, sagte Marie. »Aber ihr könnt euch nicht vorstellen, was eben passiert ist.« Sie lief die Treppe hinunter und umarmte erst Kim, dann Franzi fest. »Es tut mir wirklich leid, wenn ihr euch Sorgen gemacht habt.«

Elisa und Amélie kamen ebenfalls die Treppe hinunter. Beide sahen sehr erleichtert aus. »Tobi, der Kater von unserem Nachbarn, ist irgendwie hier in den Laden geraten«, erklärte Amélie. »Er muss erst hier unten herumgeschlichen sein. Anschließend ist er nach oben gekommen und über das Klavier gelaufen.«

Marie lief zum Apothekerschrank. »Er hat das Babyfon umgeschmissen.« Sie pustete sich eine Haarsträhne aus dem Gesicht. »Ihr könnt euch nicht vorstellen, wie gruselig ein Katzenauge in Nahaufnahme aussieht.« Marie atmete tief durch. Sie war wirklich froh, dass sich die ganze Sache so aufgelöst hatte. Kein Geist, kein Dämon, auch kein Verbrecher war hier am Werk gewesen, sondern einfach nur ein neugieriger Kater, der im Laden herumgestiefelt war.

»Und wie ist das Tier hierhergekommen?«, fragte Kim. »Vorhin war es ja wohl noch nicht da!« Sie schüttelte den Kopf. »Mir ist es jedenfalls nicht aufgefallen.«

Die Frauen sahen sich ratlos an. »Stimmt«, sagte Amélie. »Ich nehme an, Tobi hat sich vorhin durch die Eingangstür reingeschlichen, als ihr mit Elisa zum Auto gegangen seid.«

»Das könnte sein«, sagte Franzi. Sie lief zur Treppe und lockte den Kater mit Schnalzlauten und leisem Fingerschnippen an. »Hey, Tobi. Komm mal her, du kleiner Strolch!«

Der Kater sah Franzi aufmerksam an. Dann lief er auf sie zu und strich ihr um die Beine.

»Feiner Kerl«, murmelte Franzi. Sie nahm das Tier auf den Arm und kraulte ihm den Nacken. Der Kater stemmte die Pfoten gegen Franzis Arm und schnurrte laut. Franzi fing an zu lachen. »Du bist ja total schmutzig. Sieh dir mal die Abdrücke von deiner Pfote an, die du auf mir hinterlassen hast! Pfui!«

Marie sah auf Franzis Arm. Dann betrachtete sie ihren eigenen. Er war von dunklen Flecken übersät. »Wo ist der denn gewesen?«, murmelte sie. »Ist er über ein Stempelkissen gelaufen?«

Kim deutete auf den hellen Teppichboden vor dem Apothekerregal. »Da ist auch alles voller Flecken.« Sie lief hin. »Ja, eindeutig, die stammen auch von seinen Pfoten.« Sie beugte sich über die schwarze Spur und tippte mit dem Finger auf einen der Abdrücke. »Die Farbe ist noch feucht.«

Elisa sah mit gerunzelter Stirn zu. »Auch das noch. Den Teppichboden habe ich doch erst vor Kurzem neu verlegen lassen. Womöglich muss ich ihn jetzt gleich wieder erneuern lassen.«

Kim sah sich nachdenklich im Laden um. »Wo ist der Kater da bloß durchgelaufen?«

Marie ging nun ebenfalls zum Apothekerregal, in dem die alten Flakons von Elisas Onkel standen. »Die Spuren sind hier am kräftigsten«, stellte sie fest. »Je weiter sie in den Raum führen, desto schwächer werden sie.«

Plötzlich sog Kim scharf die Luft ein. Sie deutete zur Bodenleiste, die am Apothekerregal angebracht war. »Da!«, sagte sie und bückte sich. »Hier ist ein Pfotenabdruck, er verschwindet halb unter der Leiste. Das sieht ja so aus, als ob der Kater von hier gekommen ist.« Kim verstummte und fing an, an dem Regal herumzutasten. Ihre Wangen färbten sich rosa.

»Ich glaube, da ist eine Geheimtür«, keuchte sie.

Elisa und Amélie rissen die Augen auf. Franzi und Marie traten neugierig näher. »Pass auf die Flakons auf«, sagte Marie. Kim nickte. Sie betrachtete konzentriert das Regal. Dann strich sie über eine mehrere Zentimeter dicke Zierleiste, die an der rechten Seite angebracht war. »Seht ihr das«, murmelte Kim. »Das Holz an dieser Stelle glänzt etwas mehr und es ist auch dunkler. Als ob es häufiger angefasst wurde.«

Die anderen nickten. Kim drückte auf die Leiste. Nichts tat sich. Sie versuchte es erneut. Wieder geschah nichts.
»Zieh mal!«, schlug Marie vor.
»Wie soll das funktionieren?«, fragte Kim, umfasste aber die Verzierung mit zwei Fingern und zog leicht daran. Lautlos glitt die gesamte Leiste nach vorne. Als sie etwa zehn Zentimeter ausgefahren war, rastete sie mit einem leisen Klicken ein. Kim zog weiter. Jetzt bewegte sich das ganze Regal! Langsam schwang es ihr entgegen. Die Parfümflakons auf dem oberen Brett klirrten leise.
Elisa stieß einen erstaunten Laut aus. »Das gibt es doch gar nicht!«
Der Kater maunzte und schlängelte sich blitzschnell durch den entstandenen Spalt. »He!«, rief Kim erstaunt.
»Er scheint den Weg zu kennen«, sagte Franzi.
»Sagt mal, hört ihr das auch?«, fragte Kim plötzlich. »Da ist ein extrem unangenehmes Fiepen. Ich glaube, das ist schon die ganze Zeit da. Ich war nur zu aufgeregt, um es richtig wahrzunehmen.«
Marie nickte. »Ja! Ich höre auch einen seltsamen Ton im Hinterkopf.«
»Ernsthaft?«, rief Elisa aus. »Ihr könnt das auch hören? Ich habe mich schon gar nicht mehr getraut, etwas zu sagen.«
Amélie sah verwundert in die Runde. »Ich höre nichts.«
»Doch!«, sagte Franzi. »Da ist ein hoher, sehr nerviger Ton. Ganz deutlich! Seit diese Tür hier offen ist, ist er noch viel lauter geworden.«

»Tut mir leid. Ich höre ihn nicht!« Die dunkelhaarige Frau schüttelte den Kopf. »Dafür rieche ich etwas.« Sie rümpfte die Nase. »Das ist irgendein chemischer Geruch, Lösungsmittel oder so.«

»Ja, das rieche ich auch.« Elisa begann zu zittern. »Was ist da hinter dem Regal?« Sie fuhr sich über die Stirn. »Mir wird das hier alles zu viel!«

Amélie legte einen Arm um sie. »Komm, setz dich hin. Du bist ja ganz blass.« Sie führte Elisa zu einem der Chromsessel. »Ich hole dir ein Glas Wasser.«

Kim zog indessen weiter vorsichtig an der Regaltür. Mit der andern Hand schaltete sie ihre Taschenlampe ein. Der Lichtstrahl erfasste eine Steintreppe, die einige Meter hinunterführte und in einen schmalen Gang mündete. Er machte einen scharfen Rechtsknick. An der Decke war schemenhaft eine nackte Glühbirne zu erkennen. Kim leuchtete die Seitenwände ab. »Hier ist ein Schalter«, rief sie. Marie hörte ein Klicken und plötzlich war der Gang schwach beleuchtet. Sie trat einen Schritt vor. Wände und Boden bestanden aus Ziegeln, zwischen denen der Mörtel bröckelte. Die Decke war mit einer Holzverschalung versehen. Am Fuß der Treppe befand sich eine Wandnische. Darin standen mehrere Glasballons.

»Dann wollen wir doch mal sehen, wo der hinführt«, sagte Franzi. Sie sah Kim und Marie an. »Wer geht zuerst?«

»Natürlich geht keine von euch da hinein!«, platzte Amélie dazwischen. Sie stellte die Wasserflasche, aus der sie für Elisa gerade ein Glas eingegossen hatte, energisch auf dem Tisch ab und lief zu den drei Detektivinnen. »Wir wissen doch gar nicht, was da drin ist«, rief sie. »Der Gang ist vielleicht einsturzgefährdet, enthält giftige Gase, was weiß ich.« Ihre Stimme hallte dumpf von den Wänden wider. »Wir schließen diese Tür jetzt sofort und morgen früh rufe ich die Polizei an. Die sollen sich das mal ansehen.«

Plötzlich zuckte Kim zusammen. »Ich glaube, da kommt jemand!«

Marie hielt den Atem an. Tatsächlich. Aus dem Gang drangen die Geräusche von Schritten. Schnellen Schritten.

»Geht von der Tür weg!«, schrie Elisa.

Die drei !!! zuckten zusammen. Amélie machte einen Satz zur Seite und zog Kim und Franzi mit sich. Marie blieb wie gelähmt stehen. Ihr Herz raste. Am Ende des Gangs war ein langer Schatten auf dem Boden erschienen. Dann folgte eine Gestalt. Marie riss die Augen auf. Die Person kannte sie. Es war der Nachbar, Benjamin Haarer!

»Hallo!«, rief der weißhaarige Mann und beschleunigte seinen Schritt. »Hab ich doch richtig gehört!«, schnaufte er, leicht außer Atem. Als er bei Marie angekommen war, lächelte er sie freundlich an und nickte. »Soso. Ihr habt den geheimen Kellergang entdeckt. Respekt!« Er lugte um die Ecke und sah Kim, Franzi und die beiden Frauen. »Meine Güte, das ist ja ein ganzes Forscherteam!«, scherzte er.

Marie merkte, wie ihr Herzschlag sich langsam beruhigte.

»Benjamin«, sagte Elisa mit rauer Stimme. »Wo kommst du her?«

Der Galerist kratzte sich am Kinn. »Na, von nebenan, aus meiner Galerie.« Er lachte laut auf. »Ich nehme an, die Erklärung alleine reicht nicht aus.« Verschmitzt sah er die drei !!! an. »Die Detektivinnen möchten es bestimmt etwas genauer wissen.«

Marie nickte mechanisch. »Allerdings«, murmelte sie.

»Also gut«, sagte Benjamin Haarer. »Das hier«, er deutete zu dem Regal mit dem Gang dahinter, »ist das kleine Geheimnis von Hector und mir.« Er räusperte sich. »Hector hat sich immer gewundert, dass unter seinem Haus kein Keller zu sein schien, während meins einen hatte. Zumindest konnte er bei sich nirgendwo einen Kellerzugang entdecken.« Der Galerist zuckte mit den Schultern. »Er hat alte Pläne studiert und ist auf die Idee gekommen, dass der Eingang zu seinem Keller hinter dem alten Apothekerschrank liegen muss. Dann hat er tatsächlich den Mechanismus entdeckt, mit dem man das Regal hier öffnen kann.« Benjamin Haarer machte eine Kunstpause. Dann fuhr er fort: »Ich kann mich noch genau erinnern, wie er eines Abends plötzlich in meiner Galerie stand und mich zu Tode erschreckt hat. Er war einfach die Gänge hier unten entlanggelaufen und hat entdeckt, dass unsere beiden Kellergewölbe durch sie verbunden sind. Er konnte meine Kellertreppe hochsteigen und war in meinem Haus!« Der Galerist schüttelte lächelnd den Kopf. »Wir haben uns wie die Kinder gefreut! Ich meine, ein Geheimgang, der zwei Häuser verbindet – davon liest man eigentlich nur in Krimis! Aber wir hatten plötzlich einen in der Wirklichkeit.«

Kim nickte heftig. »Das ist schon Wahnsinn. Wissen Sie, wer den Gang gebaut hat?«

Der Galerist schüttelte den Kopf. »Nein. Es ist nur klar, dass er schon sehr alt sein muss. Wahrscheinlich hat der Mann, der die Apotheke hier vor über hundert Jahren eingerichtet hat, die Idee gehabt. Das Häuschen, in dem sich meine Galerie befindet, hat ihm ebenfalls gehört. Außerdem hat Hector angenommen, dass der Apotheker hier seine hochwirksamen und zum Teil giftigen Substanzen sicher aufbewahrt hat. Das war sozusagen seine kleine Giftkammer.« Der Galerist lächelte wehmütig und zeigte zu der Wandnische mit den großen Glasbehältern am Fuß der Treppe. »Hector hat seine wertvollsten Essenzen hier gelagert. Der Ort ist ideal: gleichmäßig kühl und dunkel. Er hat ihn immer seine Duft-Gruft genannt.«

Benjamin Haarer setzte sich auf einen freien Stuhl neben Elisa. Er nahm die Hand der blonden Frau und tätschelte sie.

»Elisa, Liebes. Ich glaube, ich muss dir noch etwas erzählen.« Er senkte seinen Blick. »Es war so blöd von mir.«

Elisa sah den Mann verwundert an. Dann runzelte sie die Stirn. »Du warst das!«, rief sie. »Stimmt's?! Du bist in den letzten Wochen nachts durch den Gang gekommen und im Laden herumgegeistert! Du hast die Flakons aus dem Regal geschmissen.«

Der Galerist machte ein schuldbewusstes Gesicht. »Ja.« Er seufzte.

»Aber warum?«, stieß Elisa hervor. »Warum?!«

Es herrschte angespannte Stille. Alle warteten darauf, dass der weißhaarige Mann antwortete.

Bücherbeerdigung

Benjamin Haarer knetete seine Hände. »Es mag verrückt klingen, aber ich suche wirklich ganz dringend das *Blütenzauber*-Parfüm von deinem Onkel!«

Elisa riss die Augen auf. »Aber dazu musstest du doch nicht den Laden verwüsten!«

»Das war ein Versehen«, murmelte der Galerist. »Das ist passiert, als ich das erste Mal heimlich rübergekommen bin. Ich hatte vergessen, dass du die Flakons in das Regal gestellt hattest. Früher waren dort nur die Kataloge und Nachschlagewerke untergebracht.« Er fuhr sich durch die dichten weißen Haare. »Ich habe das Regal zu schnell aufschwingen lassen. Dabei sind die Flakons rausgefallen. Ich war gerade dabei, sie aufzuheben, aber dann ist Amélie die Treppe runtergekommen. Ich ... ich wollte nicht, dass sie sich vor mir erschreckt ...« Der Mann zögerte, dann fuhr er fort: »Außerdem war mir die Situation peinlich. Wie auch immer, ich habe mich schleunigst in den Gang zurückgezogen und die Regaltür geschlossen.«

Kim schüttelte den Kopf. »Und das alles wegen eines Parfüms?!«

Benjamin Haarer zuckte die Schultern. »Meine Freundin liebt den Duft von *Blütenzauber*! Ihr Flakon ist mittlerweile leer und ich wollte ihr unbedingt einen neuen zu unserem zehnjährigen Jubiläum nächste Woche schenken!« Er räusperte sich. »Ich sehe ja ein, dass es verrückt klingt. Aber Elisa und Amélie haben das Parfüm einfach nicht finden können. Auch das Rezept dafür nicht. Also musste ich selbst nachsehen. Ich konnte nicht glauben, dass es nicht da sein soll!« Der Galerist drückte erneut Elisas Hand. »Aber ich habe das Parfüm auch nirgends finden können. Sooft ich auch danach gesucht habe. Wo hat Hector es nur versteckt? Und warum?«

»Der Karteikasten mit den Rezepten«, rief Franzi plötzlich. »Haben Sie den etwa auch mitgenommen und später wieder zurückgestellt?«

Der Galerist senkte beschämt den Kopf. »Ja. Ich wusste, dass Hector alle Rezepte für seine Parfüms sorgfältig notierte und aufbewahrte.« Er seufzte. »Ich hätte das Parfüm ja notfalls selbst gemischt. Aber das Rezept war nicht im Kästchen.«

»Das kann doch alles nicht wahr sein«, murmelte Amélie. »Benjamin! In was hast du dich da verrannt? Weißt du, welche Sorgen du Elisa mit deinen Aktionen bereitet hast?«

Elisa drückte die Hand von Benjamin Haarer. »Dabei wusste ich gar nicht, dass du eine Freundin hast.« Sie schüttelte den Kopf. »Was Liebe alles mit einem Menschen anstellen kann …«

Maries Blick fiel auf die großen Ballonflaschen. »Und warum hat es an dem einen Tag plötzlich nach der Lilien-Essenz gerochen?«, wollte sie wissen. »Hatten Sie auch damit etwas zu tun?«

Der Galerist kniff die Augen zusammen und massierte sich die Schläfen. »Das war eine besonders blöde Sache.« Er ließ Elisas Hand los und lehnte sich zurück. »Ich bin ja nicht nur Galerist, sondern auch Druckgrafiker. Ich habe mir im Keller eine kleine Druckerwerkstatt eingerichtet. Dort fertige ich vor allem Siebdrucke an. Das ist eine Technik, bei der starke Lösungsmittel eingesetzt werden. Natürlich habe ich eine Belüftungsanlage installiert. Aber die ist vor vier Tagen plötzlich ausgefallen. Als ich dann nachts wieder in den Laden gegangen bin, sind die Gerüche durch den Kellergang bis in den Laden gedrungen ...«

»Und da haben Sie etwas von der Lilien-Essenz hier verteilt, damit der Lösungsmittelgeruch nicht mehr auffällt?« Marie lachte hysterisch auf. »Auf diese Idee muss man erst mal kommen.«

Der Galerist verzog das Gesicht. »Ich dachte, Parfümduft fällt weniger auf als ein chemischer Geruch. Aber ich wusste nicht, dass die Essenz so dermaßen stark ist. Ich habe nur wenige Milliliter abgezapft und auf den Teppich geträufelt. Aber es roch, als würde der ganze Laden voller Liliensträuße stehen.«

Elisa trank einen Schluck Wasser und drehte das Glas in ihrer Hand. »Diese Essenz war der Lieblingsduft von Onkel Hector. Ich habe gedacht, dass sein Geist mir etwas sagen will und es deshalb plötzlich überall nach Lilien duftet.« In den Augen der blonden Frau glitzerten Tränen. »Benjamin!«, sagte sie dann unerwartet scharf. »Du bist so ein Idiot!« Sie zog ein Taschentuch hervor, tupfte sich kurz damit über die Augen und schnäuzte sich dann geräuschvoll die Nase.

Dann grinste sie schief. »Trotzdem bin ich froh, dass du hinter den merkwürdigen Dingen steckst. Ich dachte schon, ich bilde mir das alles ein und drehe langsam durch.«

»Es tut mir wirklich leid!«, beteuerte Benjamin. »Ich weiß nicht, wie ich das wiedergutmachen soll.«

Marie war hin- und hergerissen. Einerseits ging es ihr ähnlich wie Elisa. Sie war einfach froh, dass die unheimliche Geschichte zu Ende war. Andererseits war sie wütend auf Benjamin Haarer. Sein Verhalten war kindisch und übertrieben gewesen.

Amélie und Kim sahen ebenfalls ziemlich sauer drein. Nur Franzi schien sich keinen großen Kopf zu machen. Sie lief zum Regal und machte einen Schritt in den Gang hinein.

»Ich würde mich gerne mal da drin umsehen!«

Der Galerist stand auf. »Ich möchte nicht, dass ihr durch diesen Lösungsmittelgestank lauft. Der ist ziemlich ungesund. Morgen kommt ein Freund und wird die Belüftungsanlage reparieren. Danach könnt ihr euch gerne alles ansehen.« Er blickte auf seine Armbanduhr. »Außerdem ist es schon fast drei Uhr! Wir sollten langsam daran denken, schlafen zu gehen!« Er sah Elisa an. »Oder was meinst du?« Die Parfümeurin schreckte zusammen. »Was, schon so spät?« Franzi warf einen sehnsüchtigen Blick in den Gang und schnupperte in die Luft. »Es riecht doch gar nicht so schlimm«, stellte sie fest. Dann steckte sie den Kopf doch noch mal ein Stück hinein. Sie lauschte irritiert.

Die anderen sahen sie verwundert an.

»Ich höre nichts«, stellte Franzi fest.

Benjamin Haarer zog eine Augenbraue hoch. »Was sollte man denn hören?«

»Das Pfeifen!«, sagte Franzi. »Dieser ekelhafte, durchdringende Ton.«

»Richtig«, stellte Elisa fest. »Er macht mich schon seit einigen Nächten nervös. Vorhin, als wir die Regaltür geöffnet haben, wurde er besonders durchdringend.« Sie schloss die Augen und lauschte. »Jetzt ist er weg.«

Der Galerist runzelte die Stirn. »Ich habe nie etwas gehört.«

»Ich auch nicht«, sagte Amélie leise.

Elisa seufzte. »Na gut. Wenn ich jetzt auch nichts mehr höre, ist mir das nur recht.«

Benjamin Haarer umarmte sie. »Es tut mir wirklich sehr leid, dass ich dir so einen Stress bereitet habe. Ich entschuldige mich noch einmal in aller Form für die entstandenen Unannehmlichkeiten!«

Elisa nickte.

»Und, ähm …« Der Galerist biss sich auf die Lippe. »Wenn ihr vielleicht doch noch einmal nach dem *Blütenzauber* suchen könntet, wäre das wirklich sehr nett!«

Amélie verschränkte die Arme vor der Brust. »Machen wir.«

»Gut, danke.« Der weißhaarige Mann betrat den Gang und zog die Regaltür vorsichtig hinter sich zu. Es klickte leise, als die Zierleiste wie von Geisterhand wieder in ihre Ausgangslage zurückfederte.

Elisa Saalberg trank ihr Wasserglas aus. Sie sah erschöpft aus. »Tut mir leid, Mädels, ich muss mich jetzt auch verabschieden. Ich bin vollkommen gerädert.« Sie umarmte nacheinander Kim, Franzi und Marie. »Ihr seid großartig! Ohne euren Einsatz hätte Benjamin bestimmt noch eine ganze Weile weiter hier herumgespukt. Und ich wäre irgendwann durchgedreht.«
»Das war doch selbstverständlich!«, sagte Kim. Sie fuhr sich durchs Haar. »Dass sich dieser Fall so löst, hätte ich wirklich nicht erwartet.«
Franzi zupfte an einem ihrer kurzen Zöpfe. »Jetzt wüsste ich nur noch gerne, was dieser *Blütenzauber* für ein Wunder-Parfüm ist.«
Elisa schüttelte den Kopf. »Ich habe keine Ahnung.«
»Benjamins Freundin hat doch bestimmt noch den leeren Flakon«, warf Amélie ein. »Wenn sie uns den zeigt, kommen wir vielleicht schneller voran.« Sie verdrehte die Augen. »Obwohl ich gestehen muss, dass ich momentan überhaupt keine Lust habe, dem Idioten zu helfen.«
»Lass uns das morgen besprechen«, bat Elisa. »Ich falle wirklich gleich um vor Müdigkeit.« Sie sah die drei !!! aus kleinen Augen an. »Ich habe vorhin in Sebastians Zimmer ein Schlaflager vorbereitet. Kommt, ich zeige es euch.«

Eine halbe Stunde später lagen die drei Detektivinnen auf einem provisorischen, aber urgemütlichen Lager aus drei zusammengerückten Matratzen und vielen Kissen. Marie kuschelte sich tiefer in ihren Schlafsack und rückte die Ohrhörer zurecht. Obwohl sie hundemüde war, konnte sie kein Auge zumachen. Die Ereignisse der letzten Stunden waren einfach zu aufregend gewesen. Jetzt versuchte sie, mit einem Einschlafritual zur Ruhe zu kommen: Sie hörte *Die drei ???*. Immer wenn sie den Stimmen von Justus, Peter und Bob lauschte, wurde ihr ganz warm und heimelig. Sie entspannte sich dann meistens so gut, dass sie spätestens beim dritten Kapitel der Geschichte einschlief. Dabei waren die Fälle der berühmten Detektive aus Rocky Beach eigentlich irrsinnig spannend. Plötzlich wurde Marie fest am Arm gepackt. Sie fuhr erschrocken hoch. Die Stöpsel fielen ihr aus den Ohren.

»He, bist du taub!«, hörte sie Kim rufen.

»He, bist du wahnsinnig!«, rief Marie zurück. Ihr Herz klopfte wie verrückt. »Ich habe *Die drei ???* gehört.«

»Kein Wunder«, sagte jetzt Franzi. Ihre Stimme klang ziemlich schlecht gelaunt. »Dann konntest du dieses blöde Fiepen auch nicht hören.«

Marie suchte nach dem Lichtschalter der kleinen Nachttischlampe, die Elisa ihnen neben das Lager auf den Boden gestellt hatte. Sie fand ihn, kniff die Augen zusammen und drückte. Licht flammte auf und sie konnte durch halb geschlossene Lider sehen, wie Kim und Franzi geblendet zurückschreckten.

»Hättest du nicht vorher was sagen können?«, beschwerte sich Kim. Sie hielt sich die Hände vor die Augen. »Ich hab genau reingesehen, als du das Licht angemacht hast.«

Marie blinzelte. »Du hast mich auch nicht gerade sanft behandelt.«

Franzi rieb sich die Augen. »Leute, zickt später herum. Ich will jetzt sofort wissen, wo dieses verdammte Piepen herkommt!«
Marie lauschte. Tatsächlich. Der unangenehme Ton, den sie unten schon gehört hatten, war wieder da. Er war jetzt wesentlich leiser. Aber er war da.
Franzi schälte sich aus ihrem Schlafsack. »Mir reicht es. Ich gehe jetzt nach unten in den Keller. Da muss etwas sein, das den Ton auslöst.« Sie schlüpfte in ihre Jeans und stieg in ihre Turnschuhe.
Kim sprang ebenfalls auf und suchte ihre Kleidung zusammen. »Ich komme mit.« Sie sah Marie an. »Was ist mit dir?« Marie grinste. »Denkt ihr, ich lasse euch alleine da hineingehen? Rein in die Duft-Gruft? Niemals!«
Als die drei !!! mit Taschenlampen bewaffnet die Treppe hinunterstiegen, versuchten sie, am äußersten Rand der Stufen zu laufen. Dennoch knarrte es ab und zu leise.
»Hoffentlich wachen Elisa und Amélie nicht auf«, wisperte Kim.
Marie schüttelte den Kopf. »Die beiden sind doch total fertig«, flüsterte sie. »Die schlafen bestimmt wie die Steine.« Sie erreichten den letzten Absatz der Treppe ohne weitere Knarz-Zwischenfälle. Schnell huschten sie zum Apothekerschrank. Marie beleuchtete das Regal mit den Flakons und Kim zog an der Zierleiste. Sie glitt mit einem leisen Klacken heraus und die drei Mädchen konnten die Regaltür vorsichtig aufschwenken.
»Merkwürdig«, sagte Franzi. »Der Ton ist nicht so laut, wie er vorhin war.«

»Stimmt.« Marie machte einen Schritt in den Gang hinein. Das Fiepen klang hier unten gedämpfter als oben in Sebastians Zimmer.

»Es könnte mit der Bauweise des Hauses zusammenhängen«, sagte Kim. »Vielleicht gibt es Hohlräume im Fachwerk. Durch die wird der Schall nach oben stärker, oder so.«

»Ja, vielleicht«, murmelte Marie. Sie lief vorsichtig weiter in den Gang hinein. Kim und Franzi folgten dicht hinter ihr.

»Ich finde, dass es hier gar nicht unangenehm riecht«, stellte Franzi fest. »Jedenfalls nicht nach Lösungsmitteln, wie der Galerist behauptet hat. Ich rieche eher ein bisschen Moder.«

»Das kommt von hier«, sagte Kim und wies zur linken Seite. Dort war ein schmaler Durchbruch in der gemauerten Wand zu sehen.

Kim leuchtete hinein und stieß augenblicklich einen Schreckenslaut aus. »Meine Güte!«

Marie sah Kim über die Schulter. Im Lichtstrahl der Taschenlampe war das Innere einer kleinen Kammer zu sehen. Darin herrschte ein unglaubliches Chaos von achtlos hingeworfenen Tageszeitungen, Zeitschriften und zum Teil noch in der Plastikfolie verpackten Büchern und CDs. Die Sachen türmten sich über einen Meter hoch. Dazwischen lagen dutzende von vertrockneten Blumen und Unmengen von Schokoriegeln und Kaugummipäckchen.

»Ich fasse es nicht!«, rief Kim. »Wer hat das denn hier angesammelt?«

»Und vor allem: warum?« Marie kniete sich hin. Sie griff nach

einigen Zeitschriften. »Die *Sweet*, ein Fußballmagazin, ein Gartenratgeber. Daneben Comics, eine Kochzeitschrift, eine Computerzeitschrift, Liebesromane, Krimis, Sachbücher.« Sie schüttelte den Kopf. »Da ist jemand aber vielseitig interessiert.«
Franzi tippte mit der Fußspitze gegen eine der Zeitungen. »Von wegen interessiert. Das sieht doch nicht danach aus, als ob jemals darin gelesen wurde. Die Sachen sind einfach nur hierhergeworfen worden.«
»Was soll das alles?«, fragte Kim mit rauer Stimme. »Es sieht aus wie ein großes Grab mit Blumenschmuck.«
Marie schluckte. »Ist das vielleicht eine Kultstätte? Hält Benjamin Haarer hier irgendwelche Rituale ab?«
»Was sollte das denn für ein Kult sein«, fragte Franzi. »Bücherbeerdigungen, oder was?« Sie ließ den Lichtstrahl der Taschenlampe über die Haufen tasten. »Ich finde, es sieht einfach wie eine Müllhalde aus, die ein Messie hinterlassen hat.« Sie leuchtete mit ihrer Lampe in den Gang. »Lasst uns doch erst mal weitergehen.«
Franzi lief los. »Da vorne geht es gleich rechts um die Ecke. Ups!« Ein Hindernis versperrte den Weg. Sie hatte gerade noch rechtzeitig anhalten konne, um nicht mit vollem Schwung auf die geschlossene massive Holztür zu prallen.
»Was ist?«, fragte Kim.
»Da ist eine Tür,« antwortete Franzi. Sie drückte die Klinke runter und zog. Nichts tat sich. Sie versuchte es mit Drücken. Ebenfalls ohne Erfolg.

»Abgeschlossen!«, zischte Marie. »Herr Haarer geht in Elisas Laden gerne ein und aus, wann es ihm passt, aber er will offensichtlich nicht, dass das andere bei ihm tun.«
Kim leuchtete auf den Boden. »Seht mal. Die Schleifspur im Boden ist ganz frisch. Diese Tür hat eine Ewigkeit offen gestanden und ist vor Kurzem erst geschlossen worden.«
»Benjamin Haarer geht auf Nummer sicher«, sagte Franzi mit ironischem Unterton. »Er hatte wohl Angst, dass wir auf eigene Faust den Keller erkunden.«
Kim nickte. »Mir kommt dieser Mann, ehrlich gesagt, irgendwie merkwürdig vor.« Sie kratzte sich an der Nase. »Er ist ja sehr nett und lächelt immer und er hat sich bei Elisa auch entschuldigt. Aber irgendwie sagt mir mein Bauchgefühl, dass er etwas zu verbergen hat.«
»Ihr meint, er hat ein paar Leichen im Keller?«, fragte Marie.
Kim grinste. »So schlimm ist es hoffentlich nicht. Aber ich finde, dass er sehr rücksichtslos vorgegangen ist, als er das Parfüm für seine Freundin gesucht hat.«
»Also, ich bin dafür, dass wir jetzt in seinem Keller nachsehen«, sagte Franzi und sah Marie auffordernd an.
Marie war in ihrem Detektivteam für das Knacken von Schlössern zuständig. Sie hatte sich im Lauf der Zeit in dieser Disziplin zu einer wahren Meisterin entwickelt. Ein Blick auf das alte Schloss genügte, und sie wusste, dass sie es in Sekunden öffnen konnte. Es fehlte leider nur eine Kleinigkeit. »Ich habe mein Dietrichset nicht dabei«, murmelte Marie. »Schöner Mist. Aber ich hatte nicht gedacht, dass ich das heute Nacht

brauche.« Sie dachte scharf nach. Dann fielen ihr die Sachen in der Kammer ein. Sie lief zu dem schmalen Durchgang und leuchtete mit der Taschenlampe über das Meer aus Papier und verrotteten Blüten und Blättern. In einem traurig-vertrockneten Blumengesteck blitzte etwas auf. Marie zog es mit spitzen Fingern zu sich heran und entdeckte eine Klammer aus festem Blumendraht. »Damit könnte es gehen!«, sagte sie und lief zur Tür zurück. Sie untersuchte das Schloss, bog den Draht, probierte, bog erneut – und schließlich knackte es. Marie hatte es geschafft! Sie drückte die Klinke langsam herunter und öffnete die Tür einen Spalt. Der Fiepton war jetzt ganz deutlich wahrnehmbar. Vor ihnen lag wieder ein Gang. Er war etwas kürzer als der, der vom Parfümladen abging. An der einen Seite befanden sich zwei Durchbrüche, am Ende des Gangs befand sich eine Tür. Sie stand offen. Der Raum dahinter war hell erleuchtet. Die Detektivinnen schalteten sofort ihre Taschenlampen aus und wagten kaum zu atmen. Geräusche drangen zu ihnen. Marie konnte zwar niemanden sehen, aber es hörte sich an, als ob jemand schnell einen Stapel Papier durchblätterte.
Marie erkannte eine Maschine, die wie ein großer, vierteiliger Kopierer aussah. Daneben befand sich ein Abstelltisch mit einem Karton darauf. An der Wand stand ein Regal, das mit Farbeimern, Spachteln und anderen Gerätschaften vollgestopft war, die sie nicht kannte. Plötzlich durchquerte Benjamin Haarer mit schnellen Schritten den Raum. Die drei !!! zuckten zusammen. Aber der Mann blieb mit dem Rücken zur Tür

stehen und merkte nicht, dass er von den Detektivinnen beobachtet wurde. Er schien etwas in seinen Händen zu halten und konzentriert daraufzusehen. Dann hob er einen Arm nach oben. Jetzt konnte Marie sehen, was er in der Hand hatte: Es war ein rötlicher Geldschein. Der Galerist betrachtete ihn genau, rieb den Schein zwischen den Fingern, roch schließlich daran und nickte zufrieden. Als er sich zu dem Karton auf dem Tisch wandte, war kurz ein dickes Bündel von Geldscheinen in seiner anderen Hand zu sehen. Er schob den Schein, den er geprüft hatte, dazu und legte das Bündel in den Karton. Pfeifend zog er ein Handy aus seiner Hosentasche, tippte und hielt es sich ans Ohr. Nach einigen Sekunden war seine Stimme zu hören: »Es ist alles bereit. Übergabe in einer Stunde?« Der weißhaarige Mann lauschte kurz und nickte. »Gut. In der Galerie.« Er steckte das Handy wieder ein, packte sich den sichtlich schweren Karton unter den Arm und lief weiter in den Raum hinein. Das Licht erlosch. Schritte, die sich entfernten, waren zu hören. Offensichtlich befand sie die Treppe, die nach oben führte, im hinteren Teil der Druckerwerkstatt.

Marie fühlte sich wie gelähmt. In ihrem Kopf herrschte ein einziges Chaos. Sie sah Kim und Franzi an. Ihre Freundinnen schienen genauso verwirrt zu sein wie sie. Kim hatte eine steile Falte auf der Stirn, Franzi biss sich nervös auf die Lippe. Das Geräusch einer dumpf zufallenden Tür erklang. Dann herrschte Totenstille. Marie stellte fest, dass auch der Fiepton nicht mehr da war. Er war genau in dem Moment verschwunden, als das Licht ausgegangen war.

Marie gab Kim und Franzi ein Zeichen und eilte zur Werkstatt.

Im Licht der Taschenlampe erkannten die Mädchen schwere Papierrollen, die an der Wand lehnten. Dutzende von großen Bögen lagen auf einem Gitter. Sie waren dicht an dicht mit 50-Euro-Scheinen bedruckt. Auf einem Stahltisch stand eine Schneidemaschine. Ein Haufen zerschnittenen Papiers türmte sich daneben.

Die drei !!! sahen sich sprachlos an. Jetzt war es absolut klar: Der Galerist betrieb in seinem Keller eine Geldfälscher-Werkstatt!

Kim machte mit ihrem Handy einige Beweisfotos. Nachdem sie einen Druckbogen fotografiert hatte, stutzte sie. Sie ergriff ein Glasfläschchen, das darauf stand, und entzifferte die Beschriftung. »*Blütenzauber*«, las Kim erstaunt vor. »Das ist das Parfüm, das der Galerist die ganze Zeit gesucht hat.« Sie schüttelte die Flasche. »Fast leer.« Dann öffnete Kim den Flakon und schnupperte daran. Sofort verzog sie das Gesicht. »Das riecht komisch. Irgendwie modrig oder … ich weiß nicht … irgendwie alt!«

»Zeig mal«, sagte Marie. Kim gab ihr den Flakon und Marie roch daran. »Puh! Das ist doch kein Parfüm! Das riecht wie altes, nasses Papier.« Sie gab Kim den Flakon zurück.

Kim sah von dem Fläschchen zu den Falschgeldbögen. »Ich habe da eine Vermutung. Aber jetzt erst mal eins nach dem anderen.« Sie ließ das Fläschchen in ihre Jackentasche gleiten. »Wir sollten schnell hier raus. Womöglich hat Benjamin Haarer etwas vergessen und kommt noch mal runter.«

Sie schlichen den Gang zurück und schlüpften durch die Regaltür in den Parfümladen. Marie schloss die Geheimtür. Durch das Schaufenster war zu sehen, dass die Morgendämmerung eingesetzt hatte. Amselgezwitscher war zu hören und eine Schar von Sperlingen balgte sich draußen in einem Busch um Franzis Apfelbutzen, den sie gestern dorthin geworfen hatte. Ein dunkler Van rollte heran. Die Spatzen flogen laut tschilpend auseinander.

»Der Galerist kam mir zwar merkwürdig vor«, sagte Kim. »Aber dass er ein richtiger Verbrecher ist, hätte ich niemals gedacht!« Sie zog ihr Smartphone hervor und schickte zwei der Fotos, die sie in der Fälscherwerkstatt gemacht hatte, an Kommissar Peters. Dann wählte sie seine Nummer. Einige Sekunden später verdrehte sie die Augen. »Mailbox. Der Mann spricht wohl überhaupt nicht mehr mit uns.« Kim hinterließ eine Nachricht für den Kommissar und legte auf.

»Dann müssen das eben die Kollegen von Peters erledigen und er ist nicht als Erster vor Ort, selbst schuld!«, murmelte Kim. »Ich rufe die Polizei.« Im selben Moment klingelte es. Erstaunt sah Kim auf das Smartphone in ihrer Hand. »Kommissar Peters!«, rief sie und ging dran.

Marie sah, wie Kim augenblicklich blass wurde. Peters schien sehr laut zu sprechen, seine Stimme drang dumpf aus dem Handy zu ihr rüber.

Kim hörte eine ganze Weile stumm zu. Sie wurde immer blasser. Dann sagte sie kleinlaut: »Ja, verstanden. Alles klar.« Sie ließ das Handy sinken und verzog das Gesicht. »Ihr werdet

es nicht glauben, aber dieses Mal war der Kommissar schneller.«
»Wie bitte?«, fragte Franzi. »Was soll das heißen?«
»Er und sein Team haben Benjamin Haarer schon seit drei Wochen auf dem Schirm. Sie haben irgendeinen Tipp aus der Unterwelt bekommen.« Kim schluckte. »Peters und eine Kollegin haben den Lockvogel gespielt und mit Haarer ein Geschäft angebahnt. Sie werden in zwanzig Minuten in der Galerie erscheinen und vorgeben, Falschgeld kaufen zu wollen. Die ganze Straße ist umstellt, der Zugriff wird bald erfolgen.«
»Wahnsinn«, rief Marie. »Das müssen wir uns ansehen!«
Kim schüttelte den Kopf. »Peters hat uns ausdrücklich verboten, den Parfümladen zu verlassen. Wir sollen hier warten, bis er uns anruft.«
»Oh nein!« Franzi ballte die Fäuste. »Das ist gemein!«
Kim lugte durch das Schaufenster. »Ich glaube, ich kann Leute da drüben auf dem Dach sehen. Das ist eine ganz große Sache hier. Wir sollten wirklich lieber drinbleiben.« Seufzend setzte sich Franzi auf den Boden. »So ein Mist.« Kim und Marie setzten sich neben sie. Sie sahen schweigend nach draußen. Nach einer gefühlten Ewigkeit bemerkte Marie plötzlich einen bärtigen, beleibten Mann und eine blonde Frau, die langsam vor dem Laden vorbeiliefen. Sie waren elegant gekleidet und der Mann trug einen schwarzen Aktenkoffer in der Hand.
»Das ist er«, zischte Kim. »Da läuft der Kommissar mit seiner Kollegin. Wir haben die beiden vor vier Tagen schon mal hier gesehen!«

»Nicht zu fassen!« Franzi sah Kim bewundernd an. »Du hast ihn damals schon erkannt!«
Marie kniff die Augen zusammen. Tatsächlich. Wenn sie ganz genau hinsah, konnte sie den Kommissar erkennen.
»Wie lange wird das jetzt wohl dauern?«, fragte Franzi.
»Ich nehme an, dass das eine Sache von wenigen Minuten ist«, sagte Kim. Sie lehnte sich weiter vor. »Hinter dem Van da stehen vier Polizisten«, stellte sie fest.
»Ja, hinter Elisas Auto sind auch drei Mann.«
Die Männer sahen so konzentriert zu der Galerie rüber, dass sie nicht bemerkten, dass sie von hinten durch das Schaufenster des Parfümladens von den drei Detektivinnen beobachtet wurden.
Plötzlich sprangen die Männer hinter dem Autor hervor und spurteten nach nebenan. Mindestens zehn weitere dunkel gekleidete Polizisten rannten aus verschiedenen Richtungen auf die Galerie zu.
»Jetzt haben sie ihn«, sagte Franzi. »Und wir waren nicht dabei.« Sie ließ den Kopf hängen.
»Warum kommen die nicht auf die Straße raus?«, fragte Kim. Sie sah auf ihre Uhr. »Die haben ihn doch längst überwältigt und müssten ihn jetzt abführen.«
Zwei Polizeibusse rollten am Schaufenster vorbei. Die Türen wurden aufgerissen und mehrere Polizisten sprangen heraus.
Kim richtete sich auf. »Merkwürdig. Die scheinen Verstärkung angefordert zu haben.«
»Meinst du, da ist was schiefgelaufen?« Franzi stand ebenfalls auf und drückte sich die Nase am Fenster platt.

Im selben Moment hörten sie ein Geräusch. Es kam vom Apothekerschrank. Die Zierleiste war herausgesprungen und die Regaltür öffnete sich! Instinktiv duckten sich die drei Mädchen auf den Boden.
Benjamin Haarer erschien in der Tür. Sein Gesicht war von einem Schweißfilm bedeckt und das Haar hing ihm wild ins Gesicht. Sein Atem ging stoßweise, als er zur rückwärtigen Wand lief.
»Er ist ihnen entwischt«, zischte Marie.
Der Galerist riss das Fenster auf, wollte hinausklettern, stieß aber mit dem Kopf gegen das Fliegengitter. Er versuchte, es mit den Fäusten zu durchstoßen. Es gelang ihm nicht. Der alte Mann sah sich hektisch um. Er schnappte sich eine Schere vom Tresen, schlitzte das dünne Plastikgitter von oben bis unten auf, warf die Schere auf den Boden und zog sich an der Fensterbank hoch.
»Kim, sag draußen Bescheid!«, rief Marie. Sie zog Franzi mit sich und stürzte auf den Galeristen zu. Der drehte sich überrascht um, sah die Mädchen mit panischem Gesichtsausdruck an und versuchte dann verzweifelt weiter, sich kopfüber aus dem Fenster zu schlängeln.
Doch Marie und Franzi waren schneller. Sie hechteten auf den Mann zu und krallten sich mit eisernem Griff je an einem Bein fest.
Benjamin Haarer hing nun mit dem Oberkörper halb zum Fenster heraus. Er hielt sich verkrampft am Fensterrahmen fest und versuchte, die Beine freizubekommen. Marie packte

stärker zu und machte sich so schwer, wie es ging. Franzi warf ihr einen alarmierten Blick zu. Es war klar, dass sie den Mann nicht mehr lange festhalten konnten!
Plötzlich jedoch sah Marie aus dem Augenwinkel, dass Kim zusammen mit vier Polizisten in den Laden zurückgerannt kam. Sie atmete erleichtert auf.

Eine Essenz für Spürnasen

Detektivtagebuch von Kim Jülich
Freitag, 14:10 Uhr

Wir haben einen Geldfälscher dingfest gemacht! Bei diesem Fall war Kommissar Peters uns zwar ein Stück voraus, aber wir haben in letzter Minute die Flucht des Täters verhindern können! Es ist unglaublich, aber der Mann, ein gelernter Druckgrafiker und Galerist, konnte während der Festnahme in seinen Keller flüchten, hat dort eine Tür verbarrikadiert und ist dann über einen Geheimgang in den Nachbarladen gelangt. Von dort wollte er über ein Fenster zum Hinterhof fliehen. Allerdings waren wir in diesem Laden und haben seinen Plan vereitelt. Wie gut, dass Franzi und Marie so sportlich sind. Kommissar Peters hat uns zwar mal wieder eine Standpauke gehalten, weil wir uns angeblich immer in gefährliche Situationen bringen – aber am Ende hat er sich dann doch bedankt. Es wäre eine echte Katastrophe für ihn gewesen, wenn Benjamin Haarer geflüchtet wäre. Immerhin hat der Kommissar die Galerie mit einem zwanzigköpfigen Team seit Wochen beobachtet. Und zwar Tag und Nacht. Der weiße Van und der rote Pkw, den sie dabei benutzt haben, sind mir sogar aufgefallen – aber ich habe mir keine weiteren Gedanken gemacht ... Aber wenigstens habe ich den verkleideten Kommissar erkannt!

Dieser Haarer hat uns bereits vorher schwer auf Trab gehalten. Er hat ein bestimmtes Parfüm mit dem Namen ›Blütenzauber‹ im Laden von Elisa Saalberg gesucht und ist nachts bei ihr herumgegeistert. Er hat erzählt, dass er dieses Parfüm unbedingt für seine Freundin braucht. Glatte Lüge! Die Wahrheit ist: Er hat seinen Freund Hector Saalberg vor vielen Jahren darum gebeten, diesen ganz speziellen Duft zu mischen, um damit Falschgeld zu besprühen und ihm den Duft von echtem, gebrauchtem Geld zu geben!! Der Spruch »Geld stinkt nicht« stimmt nämlich gar nicht. Geldscheine riechen sehr wohl! Es sind ganz viele verschiedene Duftspuren, die daran haften, z.B. vom Leder der Geldbörsen, vom Schweiß der Hände und vieles mehr. Das ergibt zusammen einen speziellen Geruch. Gefälschte Scheine haben den nicht. Oft stinken sie richtig stark nach Farbe. Hector Saalberg hat einen perfekten ›Geldduft‹ geschaffen, der den perfekt gefälschten Geldscheinen von Benjamin Haarer den letzten Schliff verpasst hat. Verrückt-genial das Ganze. Haarer hat dann an Kiosken und Bahnhöfen Zeitschriften und andere kleinere Artikel mit seinen falschen Fünfzigern bezahlt. Herausbekommen hat er dann echte Scheine. Somit hat er pro Blüte um die 45 Euro ›verdient‹!!! Was für eine Gemeinheit den Verkäufern gegenüber, die dann auf Falschgeld saßen! Die Blüten des Galeristen waren auch auf dem Schwarzmarkt und bei allen möglichen Ganoven sehr beliebt, weil sie nahezu überhaupt nicht als Falschgeld zu erkennen waren. Er hat jahrelang ein Riesengeschäft gemacht und sehr viel (echtes) Geld verdient. Dann hat er aber einen Fehler gemacht: Er hat Blüten, die ihm beim Drucken nicht gut gelungen waren, durch einen Papierschredder gejagt und zusammen mit seinem normalen Hausmüll in Plastiksäcke verpackt. Und die hat er einfach in die Mülltonne geworfen. Einem Mitarbeiter der Müllverbrennungsanlage sind zwei der Säcke aufgefallen. Er hat in einem von ihnen neben den zerschredderten Geldscheinen einen alten Briefumschlag mit der Adresse von Benjamin Haarer entdeckt. Und jetzt kommt der Hammer: Der Müllarbeiter ist zu der Adresse gefahren und hat den Galeristen erpresst! Er wollte von ihm eine irre Summe (und zwar in echten Scheinen) dafür haben, dass er ihn nicht bei der Polizei anzeigt. So viel Geld hatte Benjamin Haarer aber nicht. Also hat er wie wild Falschgeld hergestellt und verkauft. Das hat sich in kriminellen Kreisen herumgesprochen. Und irgendjemand hat ihn, warum auch immer, bei der Polizei verpfiffen. Kommissar Peters hat dann den Auftrag bekommen, den Geldfälscher hochgehen zu lassen. Wir hätten wahrscheinlich nie mehr zu dem Fall erfahren, wenn der Galerist nicht so verzweifelt nach Nachschub von dem speziellen ›Blütenzauber‹-Duft gesucht und Elisas Laden dabei verwüstet hätte. Hector Saalberg hat offensichtlich irgendwann einmal ein schlechtes Gewissen bekommen, weil er seinem kriminellen Freund geholfen hat. Er muss das Rezept für den ›Blütenzauber‹ vernichtet und alle noch vorhandenen Fläschchen entsorgt haben. Vielleicht hat er aber auch die Sachen versteckt?!?! Und das Wissen um den Ort mit ins Grab genommen. Aber Benjamin Haarer wird den speziellen Duft jetzt sowieso nicht mehr brauchen. Im Gefängnis wird er keinen Blütenzauber mehr betreiben.

Ab jetzt wird es übrigens auch keinen geisterhaften Fiepton mehr in Elisas Haus geben. Das war ein sehr merkwürdiges Phänomen, das mir keine Ruhe gelassen hat. Ich habe etwas recherchiert und habe jetzt die Lösung: Das Piepen kam von einer Leuchtstoffröhre, die Haarer in seiner Druckerwerkstatt angebracht hatte! Manche von diesen Lampen erzeugen, wenn sie eingeschaltet sind, ein Geräusch in extrem hoher Tonlage.

Die meisten Erwachsenen können so hohe Töne gar nicht wahrnehmen, weil das Gehör im Lauf des Lebens einfach immer schlechter wird. Kinder (und viele Tiere) hören diese Töne aber sehr gut (und die sind echt fies! Das kann richtiger Psychoterror sein!). Elisa gehört offensichtlich zu den wenigen Erwachsenen, die noch jugendliche Ohren haben.

Wahnsinn, was es alles gibt!

Zwei Tage später saßen die drei Detektivinnen bei Elisa und Amélie im Parfümladen. Die beiden Frauen hatten die Mädchen zu einem großen Frühstück eingeladen, um sich für ihren Einsatz zu bedanken. Marie hatte allerdings das Gefühl, dass Elisa sich einfach ablenken wollte, um nicht ständig über die Machenschaften von Benjamin Haarer und Hector Saalberg nachzudenken.

»Lass mich mal an deinem Flakon riechen«, sagte Kim. Marie reichte ihr die schmale grüne Phiole. Kim schnupperte und schloss die Augen. »Hm, sehr gut! Ich würde sagen, es ist dein persönliches Parfüm, das du damals selbst gemischt hast – mit noch einer weiteren feinen, spritzigen Duftnote.«

Marie nickte. »Das habe ich bei deiner Phiole auch gerochen. Da ist jetzt noch eine ›grüne‹ Komponente dabei.« Franzi schnupperte immer noch an dem Fläschchen, das Elisa und Amélie ihr vorhin überreicht hatten. Sie lächelte. »Ich glaube, hier ist etwas grüner Apfel drin.«

Amélie nickte begeistert. »Treffer! Ihr Detektivinnen seid wirklich vielseitig begabt!« Sie goss sich etwas Tee ein. »Elisa und ich haben jedem eurer persönlichen Parfüms eine winzige Spur Apfelblüten-Essenz beigefügt. So hat jede ihr individuelles Parfüm und doch gibt es ein verbindendes Element, eine Gemeinsamkeit. Es könnte euer Clubduft werden!«

»Ein sogenannter *Spürnasen*-Duft«, ergänzte Elisa.

Marie lächelte. »Das ist eine wunderschöne Idee! Vielen Dank!«

Auch Kim und Franzi bedankten sich herzlich bei den beiden Parfümeurinnen.
Sie stellten die drei Phiolen in den Farben Rot, Grün und Blau nebeneinander auf den Tisch.
»So sehen sie aus wie drei Ausrufezeichen«, stellte Marie grinsend fest. Sie schnupperte an ihrem neuen *Spürnasen*-Duft an ihrem Handgelenk und schloss die Augen. Sofort sah sie hunderte von kleinen Ausrufezeichen. Sie leuchteten hell vor einem strahlend blauen Himmel. Kims und Franzis Gesichter tauchten auf. Sie riefen ihr ein lautes POWER!!! entgegen.
»Du siehst richtig glücklich aus«, hörte sie Kim sagen. Marie öffnete die Augen. »Das bin ich auch!«

Mira Sol mag Sonnenblumen, Krimis und Geheimnisse. Sie lebt und schreibt in Stuttgart. Die Ideen zu ihren Geschichten findet sie beim Beobachten von Menschen im Café oder beim Spazierengehen im Wald. Manchmal auch in der Badewanne, wenn knisternde Schaumberge sie umgeben, die den Duft von Mandelöl, Pfirsichen oder Rosenblüten verströmen.

Fußabdrücke

»Advent, Advent …«, murmelte Franzi mit einem rot triefenden Pinsel in der Hand.

»Es ist Sommer, wir haben seit sechs Wochen eine Hitzewelle, Sonne pur, keinen Regen, und du denkst an Advent?«, wurde sie von Marie unterbrochen.

»Mhm, Lebkuchen und Zimtsterne könnte ich zu jeder Jahreszeit essen«, schwärmte Kim.

»Lasst mich doch mal in Ruhe denken«, beschwerte sich Franzi, die über ihren kurzen Shorts und dem geringelten T-Shirt einen riesigen weißen Kittel trug.

»Ach, du hast meinen Arztkittel.« Herr Winkler, Franzis Vater, war gerade auf dem Weg in seine Tierarztpraxis, die sich auf dem Winklerhof befand.

Franzi stand auf und sofort wurden viele bunte Farbkleckse auf dem blütenweißen Stoff sichtbar. »Entschuldigung, Papa.«

»Ach, darin ist mir sowieso zu heiß.« Herr Winkler betrachtete die Pappen, die zwischen den drei Mädchen auf dem Rasen lagen. »Was macht ihr denn da eigentlich?«

»Wir malen Plakate für die Demonstration morgen«, erklärte Kim.
»Hat Chrissie die wieder mitorganisiert?«, fragte Franzis Vater.
Franzi nickte. »Cool, oder?«
»Ja, schon. Gut, dass wenigstens du noch weißt, was deine Schwester so treibt.« Im Losgehen drehte sich Herr Winkler noch einmal um. »Nachher kommt mein neuer Praktikant Paul. Zeigt ihr ihm den Weg?«
»Hatschi! Klaro! Hatschi!« Franzi rieb mit dem Handrücken ihr juckendes Auge. »Mist, ich habe meine Allergietablette noch nicht genommen.«
»Ist die Allergie so schlimm?«, fragte Kim.
»Im Moment schon, durch die Trockenheit fliegen so viele Pollen durch die Luft. Es müsste mal wieder regnen«, seufzte Franzi und wühlte aus ihrem Beutel eine Tablette, die sie mit Wasser herunterspülte. »Super, dass es die gibt, sonst müsste ich bei dem Wetter in der Bude hocken.« Franzi setzte sich wieder zu ihren Freundinnen.
Im Schatten der großen Linde, die sich im hinteren Teil des winklerschen Gartens befand, malten sie ihre Plakate für den am nächsten Morgen geplanten Demonstrationszug. Die Schüler, allen voran Franzis große Schwester Chrissie, protestierten gegen die Rodung eines großen Teils des Waldes am Stadtrand. Eine Pharmafirma plante zu expandieren und wollte dort einen neuen Produktionsstandort aufbauen. Chrissie kämpfte aktiv für die Erhaltung des Waldes und war kaum noch zu

Hause. Franzis Eltern fanden es zwar toll, dass sie sich so für den Umweltschutz einsetzte, aber sie waren nicht glücklich darüber, dass sich das mittlerweile auf ihre Schulnoten auswirkte.
»Jetzt sind Oma Agnes und Opa Herbert gerade in das süße Häuschen am Waldrand gezogen und freuen sich, dass es endlich ruhiger wird, und dann sollen da so viele Bäume gerodet werden.« Marie tunkte ihren Pinsel in die blaue Farbe. »Wer will schon in der Nachbarschaft eines Chemiewerks wohnen?« Mit Schwung malte sie eine Kugel auf ihr Plakat. »Der Wald ist übrigens knochentrocken.«
»Die armen Pflanzen und Tiere! Die bekommen alle zu wenig Wasser.« Franzi sah zur Pferdekoppel rüber, wo ihr Pferd Tinka gerade an der Tränke stand. »Es ist wirklich auffällig, dass die Sommer immer heißer werden.« Mit Klebeband befestigte sie einen Stab an ihrer Pappe.
»Und Holger sitzt die ganze Zeit in seinem Zimmer.« Marie rührte mit ihrem Pinsel in der grünen Farbe. »Er muss lernen, weil er in zwei Fächern auf der Kippe steht. Deshalb kann er auch nicht zur Demo mitkommen. Er schreibt eine Klausur.«
»Aber bei Klausuren darf man doch sowieso nicht streiken, da hilft auch die Entschuldigung der Eltern nichts.« Kim tunkte ihren Pinsel in die gelbe Farbe. »Bei der Hitze büffeln … der arme Holger! Es ist so heiß, dass David und ich in letzter Zeit weniger an unserem Roman geschrieben haben, sondern eher Eis essen und schwimmen waren«, berichtete sie. »Ich hatte zuerst ein schlechtes Gewissen, aber David meint, wir sollen es als kreative Pause ansehen und das Leben genießen.«

»Ich möchte gerne ein Plakat mit Bienen machen«, entschied Kim.
»Das ist gut!«, fand Marie. »Auch die Insekten werden ja immer weniger, und das hat auch damit zu tun, dass die ökologischen Systeme durch den Lebenswandel von uns Menschen durcheinandergebracht werden.«
»Wisst ihr noch, wie wir das Bienengeheimnis gelüftet haben?«, fragte Franzi.
»Na klar, der Bienen-Fall! Der war wirklich ganz schön knifflig«, erinnerte sich Marie. »Oma Agnes hat übrigens erzählt, dass Sven Kronkamp sich entschieden hat, keine Pestizide mehr einzusetzen, damit es den Bienen richtig gut geht.«
»Toll!«, freute sich Kim. »Da war unsere Mission doppelt erfolgreich.«
Kim Jülich, Marie Grevenbroich und Franziska Winkler waren Detektivinnen. Sie nannten sich *Die drei !!!* und hatten gemeinsam schon mehr als achtzig Fälle erfolgreich gelöst.
Kim begann eine Biene auf ihre große helle Pappe zu zeichnen.
»Eigentlich könnten wir auch mal wieder einen neuen Fall gebrauchen, oder?«
Der letzte Fall, bei dem die drei !!! beim Karnevalszug einen Raubüberfall aufgeklärt hatten, lag schon eine Weile zurück.
»Ja, mir brennt es auch schon unter den Fingernägeln«, sagte Franzi und hatte plötzlich die zündende Idee für ihr Plakat.
»Ich hab's!« Franzi begann, ihr Plakat zu malen.
Marie las mit. »Advent, Advent ... die Erde brennt.«
»Nicht schlecht, Franzi!«, sagte Kim anerkennend.

»Chrissie hat einen Artikel gelesen, in dem ein renommierter Wissenschaftler vorhersagt, dass sich die Erde viel stärker und schneller erwärmen wird als bisher angenommen«, berichtete Franzi. »Dann schmelzen die Polkappen, der Meeresspiegel steigt an und der Lebensraum für Tiere und Pflanzen wird immer kleiner. Die Menschen sind dafür verantwortlich. Sie hinterlassen einen gewaltigen ökologischen Fußabdruck.«
»Was ist damit eigentlich gemeint?« Marie malte jetzt mit grüner Farbe Kontinente auf ihr Plakat.
»Jeder Mensch verbraucht Rohstoffe und Energie, produziert Müll und Abgase«, erklärte Franzi. »Er hinterlässt also einen ökologischen Fußabdruck. Die Biosphäre, also der Raum, in dem es auf der Erde Leben gibt, wird so gestört, und es wird immer wärmer.«
»Weißt du das alles von Chrissie?«, fragte Marie beeindruckt.
»Ja.« Franzi war es in dem Kittel ihres Vaters auch viel zu heiß. Sie zog ihn sich über den Kopf und warf ihn zur Seite.
»Und was genau ist eigentlich mit Ökologie gemeint?«, wollte Kim wissen.
»Die Ökologie befasst sich mit Wechselbeziehungen zwischen Lebensraum und Lebewesen. Der Regenwald ist zum Beispiel ein abgeschlossenes Ökosystem. Bäume, Pflanzen, Pilze und Tiere sind voneinander abhängig«, erklärte Franzi.
»Wir Menschen brauchen unsere Erde und zerstören sie durch unsere Lebensweise – wie schrecklich!«, sagte Marie.
Genau in diesem Augenblick hinkte Franzis Huhn Polly gackernd über Maries Plakat und hinterließ in der frisch gemal-

ten Erdkugel seinen ganz besonderen Fußabdruck. Die drei Freundinnen prusteten los.
»Oh, was ist denn mit dir passiert?« Ein Junge stand plötzlich neben ihnen und hatte sich zu Polly hinuntergebeugt. Er nahm das Huhn auf den Arm und sah es sich genauer an.
»Das ist Polly«, erklärte Franzi. »Sie lässt sich normalerweise nicht so leicht anfassen. Und wer bist du?«
Der Junge, den Franzi auf siebzehn schätzte, schien gar nicht richtig zuzuhören. Er schnappte sich den Holzstab, den Marie an ihr Plakat kleben wollte und brach ein wenige Zentimeter langes Stück ab. Dann rupfte er einen langen Grashalm von der Wiese und band damit den kleinen Stab an Pollys Bein fest.
Die drei !!! staunten.
Franzi fand als Erste die Sprache wieder. »Polly hinkt schon länger.«
»Ich bin Paul.« Lächelnd setzte er das Huhn wieder ab. Langsam spazierte Polly mit der Schiene am linken Bein los.
»Ach, du bist der neue Praktikant von meinem Vater.«
»Genau. Und wer bist du?«
Franzi merkte, dass ihr noch wärmer wurde, als es ihr ohnehin schon war. »Ich bin Franzi. Und das sind meine beiden Freundinnen Kim und Marie.«
Die beiden winkten Paul zu und grinsten Franzi an, die das mit einem heimlichen Augenrollen in ihre Richtung quittierte.
Paul sah sich um. »Wo ist denn die Praxis?«
Franzi zeigte in Richtung Hof. »Am Haus vorbei und dann über den Hof. Draußen ist dann ein Schild.«

Paul stand wieder auf. »Kim, du kannst doch auf das Plakat mit der Biene *Kurzstreckenflüge nur für Insekten* schreiben.«
»Das ist gut, danke.« Kim reinigte ihren Pinsel in einem Wasserglas.
Paul verschwand in die Richtung, die Franzi ihm gezeigt hatte. Sie sah ihm hinterher. »Ist ja ganz nett, dieser Paul.« Franzi zeigte zu Polly, die hinter Paul herstolzierte. »Und auch nicht ungeschickt.«
»Stimmt, und Polly scheint er auch zu gefallen.« Marie grinste. »Dein Typ?«
»Was?« Franzi zog eines ihrer Zöpfchen fest. »Ach so, ja, äh, nee.«
»Wow, der hat dich aber aus dem Konzept gebracht«, staunte Kim, während sie mit schwarzer Farbe ihren Spruch schrieb.
»Was ist denn eigentlich mit Blake?«, wollte Marie wissen. »Habt ihr mal wieder geskypt?«
Franzis Freund Blake war schon zehn Monate im Ausland. Seit einem Reitunfall saß Blake im Rollstuhl. Er war sehr sportlich und machte WCMX, was für Wheelchair Motorcross stand. In Amerika gab es bessere Möglichkeiten, diese Sportart zu trainieren, deshalb hatte er sich für ein Austauschjahr in Fontana entschieden. Weil Franzi zu Beginn ihrer Fernbeziehung nächtelang mit ihm geskypt hatte und daraufhin einige Male beim Abendessen eingeschlafen war, war von ihren Eltern schließlich unter der Woche ein Skypeverbot verhängt worden.
»Eine Fernbeziehung plus Zeitunterschied ist echt eine Herausforderung.« Franzi seufzte. »In sieben Wochen kommt er

wieder. Hoffentlich erkenne ich Blake überhaupt noch, wenn ich ihn am Flughafen abhole.«

»Ein Flug von Amerika nach Deutschland hinterlässt einen gewaltigen ökologischen Fußabdruck.« Chrissie sprang neben den drei Freundinnen von ihrem Rad. »Flugzeuge pusten tonnenweise CO_2 in die Luft!«

»Ich weiß.« Franzi überlegte. »Er kann ja durch den Atlantik schwimmen.«

»Stimmt, wenn die Meere immer wärmer werden, dürfte das kein Problem sein«, seufzte Chrissie. Ihr Blick fiel auf die selbst gemalten Plakate. »Wow, die sehen gut aus!«

»Finde ich auch!« Franzis Mutter kam mit einem großen Tablett auf die Mädchen zu. »Hallo, Chrissie, schön, dich mal wieder zu sehen. Wie geht's dir?«

»Gut, Mama, danke. Morgen ist die große Demo.«

»Ja, ich weiß. Toll.« Frau Winkler stellte ein Tablett auf die Wiese. »Voilà. Selbst gezauberte Biozitronenlimo mit Pfefferminzblättern.«

Kim nahm sich ein Glas mit einem grünen Strohhalm. »Fantastisch. Perfekt bei der Hitze. Danke schön!«

Frau Winkler lächelte. »Chrissie, ich bringe dir auch noch ein Glas. Mit Strohhalm?«

Chrissie verdrehte die Augen. »Nein, danke, Mama. Ich will nur ein paar Sachen holen.«

»Was habe ich denn jetzt schon wieder falsch gemacht?« Frau Winkler stemmte die Hände in die Hüften.

»Warum verwendest du immer noch Plastikstrohhalme? Jedes

Jahr landen acht Millionen Tonnen Plastik in den Meeren«, sagte Chrissie vorwurfsvoll. »Und warum kaufst du Zitronen, obwohl die gerade keine Saison haben? Die sind mit dem Flugzeug hertransportiert worden.«

Frau Winkler pustete sich eine Haarsträhne aus dem Gesicht. »Erstens: Die Strohhalme habe ich mal in einer großen Packung gekauft. Vor zwei Jahren. Soll ich sie gleich wegwerfen oder erst nach Gebrauch? Und zweitens: Die Zitronen sind bio.«

Chrissie verdrehte die Augen. »Das reicht nicht, Mama.«

»Soll ich dir mal was sagen, Chrissie? Es ist leicht, sich über alles zu beschweren. Aber mach doch bitte erst mal deinen Schulabschluss und stehe auf eigenen Beinen, ehe du mich so verurteilst.«

»Mama, ganz ehrlich: Was ist dir wichtiger? Dass ich einen Schulabschluss habe oder dass wir auf dieser Erde eine Zukunft haben? Morgen soll ein großer Teil der Natur zerstört werden – und da denkst du an Schulaufgaben?« Chrissie lehnte ihr Rad an die Hausmauer. »Ich hole Klamotten, dann bin ich wieder weg.« Eilig lief sie ins Haus.

Frau Winkler schüttelte den Kopf. »Die Klamotten habe ich übrigens mit Biowaschmittel gewaschen, falls es dich interessiert!«, rief sie Chrissie hinterher. Sie drehte sich wieder zu den Freundinnen. »Lasst euch die Limo trotzdem schmecken.« Frau Winkler rang sich ein Lächeln ab und verschwand dann ebenfalls im Haus.

Betreten schweigend saßen die drei Mädchen zwischen ihren

Plakaten auf der Wiese und saugten an ihren Strohhalmen. Dass es allen Detektivinnen gleichzeitig die Sprache verschlug, kam eigentlich nie vor.

Ohne etwas zu sagen, schrieb Marie nun *Kein Planet B* auf ihr Plakat und malte noch einen Kontinent mit Tannenbäumen auf die blaue Kugel.

Franzi betrachtete den in der Sonne funkelnden Glaspavillon weiter hinten auf der Wiese, den ihre Mutter öfter für Veranstaltungen ihres Eventcafébetriebs nutzte. Zusammen mit ihren Eltern, ihrem Bruder Stefan und ihrer Schwester Chrissie hatte sie den sehr heruntergekommenen Pavillon vor längerer Zeit wieder auf Vordermann gebracht. »Irgendwie haben sie beide recht«, fand Franzi. »Aber wenn sie sich ständig streiten, bringt das doch auch keinem was.«

Marie und Kim nickten.

In die Stille hinein war ein leises »I-A!« zu hören. Kim und Franzi sahen sich suchend um.

Marie fischte ihr Handy aus der Tasche ihres Jeanskleides. »Mein neuer Klingelton. Ich hab Adam und Eva aufgenommen.« Marie ging ans Telefon. »Was? ... Oh nein! ... Ja, wir kommen!« Marie legte auf.

»Was ist?«, wollte Kim wissen.

»Die große Fichte neben Adams und Evas Eselstall in Oma Agnes' und Opa Herberts Garten muss gefällt werden. Sie fragen, ob wir uns ein bisschen mit Finn beschäftigen können.« Marie begann, die Deckel der Farbdosen einzusammeln.

»Gebongt!«, sagte Franzi und warf die leere rote Farbdose in

den gelben Sack, der neben dem Hausmüll lehnte.
Nachdem sie die Farben und ihre Demoplakate im Kellereingang abgestellt hatten, setzten die drei !!! ihre Helme auf und düsten auf ihren Rädern los.

Die drei !!!

Kim, Franzi und Marie auf großer Reise

ISBN 978-3-440-16531-7

ISBN 978-3-440-16530-0

Jeder Band mit ca. 160 Seiten, je ca. €/D 10,–

ISBN 978-3-440-16529-4

ISBN 978-3-440-16532-4

Komm mit und entdecke die coolsten Metropolen Europas: London, Paris, Berlin und Barcelona warten auf dich! Kim, Franzi und Marie erleben dort spannende Fälle und geben dir außerdem Sightseeing-Tipps.
Mit witzigen Fun-Facts, einem Stadtplan und Sprachführer!

diedreiausrufezeichen.de

Die drei !!!

Clevere Girls knacken jeden Fall!

- ☐ Die Handy-Falle
- ☐ Betrug beim Casting
- ☐ Gefährlicher Chat
- ☐ Gefahr im Fitness-Studio[e]
- ☐ Tatort Paris[e]
- ☐ Skandal auf Sendung[e]
- ☐ Vorsicht Strandhaie![e]
- ☐ Skaterfieber[e]
- ☐ Im Bann des Tarots[e]
- ☐ Tanz der Hexen[e]
- ☐ Kuss-Alarm[e]
- ☐ Popstar in Not[e]
- ☐ Gefahr im Reitstall
- ☐ Spuk am See[e]
- ☐ Duell der Topmodels[e]
- ☐ Total verknallt![e]
- ☐ Gefährliche Fracht[e]
- ☐ VIP-Alarm[e]
- ☐ Teuflisches Handy
- ☐ Beutejagd am Geistersee[e]
- ☐ Skandal auf der Rennbahn[e]
- ☐ Jagd im Untergrund[e]
- ☐ Undercover im Netz[e]
- ☐ Fußballstar in Gefahr[e]
- ☐ Herzklopfen![e]
- ☐ Tatort Filmset[e]
- ☐ Vampire in der Nacht[e]
- ☐ Achtung, Promihochzeit![e]
- ☐ Panik im Freizeitpark[e]
- ☐ Falsches Spiel im Internat[e]
- ☐ Betrug in den Charts[e]
- ☐ Party des Grauens[e]
- ☐ Küsse im Schnee[e]
- ☐ Brandgefährlich![e]
- ☐ Diebe in der Lagune[e]
- ☐ SOS per GPS[e]
- ☐ Mission Pferdeshow[e]
- ☐ Stylist in Gefahr
- ☐ Verliebte Weihnachten
- ☐ Achtung, Spionage![e]
- ☐ Im Bann des Flamenco
- ☐ Geheimnis der alten Villa
- ☐ Nixensommer
- ☐ Skandal im Café Lomo!
- ☐ Tatort Geisterhaus
- ☐ Filmstar in Gefahr
- ☐ Unter Verdacht
- ☐ Die Maske der Königin
- ☐ Skandal auf dem Laufsteg
- ☐ Freundinnen in Gefahr
- ☐ Krimi-Dinner
- ☐ Das rote Phantom
- ☐ Hochzeitsfieber!
- ☐ Klappe und Action!
- ☐ Wildpferd in Gefahr
- ☐ Geheimnis im Düstermoor
- ☐ Tatort Kreuzfahrt
- ☐ Gorilla in Not
- ☐ Das geheime Parfüm
- ☐ Liebes-Chaos!
- ☐ Der Fall Dornröschen
- ☐ Spuk am Himmel
- ☐ Flammen in der Nacht
- ☐ Der Graffiti-Code
- ☐ Heuler in Not
- ☐ Tanz der Herzen
- ☐ Tatort Geisterbahn
- ☐ Gefahr im Netz
- ☐ Nacht der Wölfe
- ☐ Gefährliches Spiel
- ☐ Gefahr in den Ruinen
- ☐ Kuss der Meerjungfrau
- ☐ Legende der Einhörner
- ☐ Rätsel der Vergangenheit
- ☐ Tatort Hollywood
- ☐ #Falscher Ruhm
- ☐ Achtung, Gaunerzeichen!
- ☐ Das Bienengeheimnis
- ☐ Vier Pfoten in Gefahr
- ☐ Ein echt schöner Fall
- ☐ Geheimnis im Spukhotel
- ☐ Das Konfetti-Komplott
- ☐ Voller Einsatz für die Erde
- ☐ Luftballon-Küsse

Alle Bücher auch als E-Book erhältlich
[e] nur als E-Book erhältlich

diedreiausrufezeichen.de